아이, 유

아이, 유

초판 1쇄 인쇄_ 2016년 6월 25일 | **초판 1쇄 발행_** 2016년 6월 30일
지은이_ 합모고 책쓰기 동아리 합포와숲 | **엮은이_** 하수현 | **펴낸이_** 오광수 외 1인 | **펴낸곳_** 꿈과희망
디자인·편집_ 김창숙, 윤영화 | **마케팅_** 김진용
주소_ 서울시 용산구 백범로90길 74, 대우이안 오피스텔 103동 1005호
전화_ 02)2681-2832 | **팩스_** 02)943-0935 | **출판등록_** 제2016-000036호
E-mail_ jinsungok@empal.com
ISBN_ 978-89-94648-88-0 43810
※ 책 값은 뒤표지에 있습니다.
※ 새론북스는 도서출판 꿈과희망의 계열사입니다.
ⓒPrinted in Korea. | ※ 잘못된 책은 바꾸어 드립니다.

아이, 유

합포와숲 **지음** | 하수현 **엮음**

나와 너의 이야기,
진짜 이야기

3월 학기 초, 새로운 동아리원을 뽑기 위해 면접을 진행했다. 외모는 모두 비슷했고 면접 질문에 대답하는 내용도 약간씩 다를 뿐 역시나 비슷했다. 그 속에서 1년 동안 함께할 마음이 맞는 친구들을 뽑는 것은 어려운 일이었다. 눈도 못 마주치는 친구도 있는 반면에 씩씩하게 대답을 잘하는 친구도 있었다. 그래서 면접을 잘 본 사람을 뽑기보다는 누가 더 동아리에 필요한가에 집중해야 했다. 그렇게 우리만의 기준으로 아이들을 뽑고 거의 1년이 지난 지금, 당시에 면접을 진행했던 2학년 아이들은 이야기를 나눈다. 그때 1학년 참 잘 뽑았다고. 그렇게 무엇이든 잘 따라주고 열심히 하려고 하는 아이들을 보며 흐뭇해 하며 고마움을 표한다.

그러던 우리가 특별한 프로젝트에 뛰어들었다. 책을 읽는 것도 어려운데 우리가 직접 책을 쓰기로 한 것이다. 물론 자신이 있는 아이도, 없는 아이도 있었다. 아이들의 글을 취합해야 하나의 책이 나오다 보니, 글을 잘 쓰든 못 쓰든 한 바닥 이상의 글을 주기적으로 써내야 했다. 그러는 과정에서 힘들어하는 아이들이 생겼고, 예상했던 대로 뒤처지기 시작했다. 하지만 그 아이들을 내버려두고 잘 쓴 아이들의 글만 실을 수는 없었다. 그래서 우리는 최대한 함께 가자는 측면에서 아이들의 글을 삭제하지 않고 함께 다듬어갔고 책 하나의 분량이 나온 것에 다 같이 기뻐했다.

책을 쓰는 과정에서 가장 많이 느낀 것이 있다면, 아이들 하나하나 저마다의 추억과 아픔과 감정과 가치관을 가지고 있다는 것이었다. 평소 말 많고 시끄러운 줄만 알았던 친구도 가슴속에 간직한 꿈 하나가 쿵쾅쿵쾅 뛰고 있었고, 밝은 줄만 알았던 친구의 가슴 아픈 과거 이야기를 듣기도 했다. 겉보기와는 달리 아이들이 살아온 삶은 단순하지 않았던 것이다. 아이들 한 명 한 명이 정말 다 괜찮은 아이라는 것을 느낀 순간, 지금까지 편견을 가지고 살아온 자신이 부끄러웠다. 그리고 이번을 계기로 편견을 허물고 더 폭 넓은 시야를 가진 우리가 되기로 다짐했다.

아이들은 아침 8시까지 등교하고 저녁 6시에 마쳐서, 누구는 9시까지 야간자율학습을 하고 누구는 학원이나 과외 수업을 듣는다. 이렇게 인문계 고등학교를 다니는 우리는 밤낮으로 매일같이 공부한다. 우리 학교만 이런 것은 아닐 터이니 우리나라 고등학생의 일상이라고 봐도 무관하다. 부모님은 왜 그것밖에 못 하냐며 최선을 다 하고 있는 자식을 채찍질하고, 공부를 못 한다는 사실에 주변에서 무시를 하기도 하며, 학교에서는 성적으로 줄을 세워 아이들이 꿈을 포기하게 만들기도 한다. 부모님께 가장 듣고 싶은 한마디는? 이라는 질문에 가장 많은 표를 얻은 한 마디가 바로 '네가 잘못한 거 아니야' 일 만큼 어떤 잘못에 있어서 어른들은 아이들을 믿어주려 하기보다는 너의 잘못이라고 너의 노력 부족이라고 몰아세우기만 한다. 도대체 무엇이 아이들의 꿈보다 중요할까. 무엇이 그렇게 중요하기에 아이들이 상처받고 힘들어하기를 감수하면서까지 달려야만 할까.

  우리는 부정할 수 없는 암울한 현실 속에서 웃을 수 있는 도전을 하기로 했다. 그 도전은 다름이 아니라, 나 자신에 집중해 보는 것이다. 다른 사람의 시선에, 성적에, 부모님의 잔소리에 집중하는 것이 아니라 내가 지금 무엇을 하고 있고 무엇을 하고 싶은지에 대해 생각해 보기로 한 것이다. 함께 읽고 이야기 나눌 책을 선정하고, 함께 떠날 여행을 계획하고, 나와의 대화를 시도해 보고, 변화하는 나를 위해 갖가지 노력도 기울여보았다. 그 결과가 꼭 분명하고 확실한 것이라 장담은 못 한다. 하지만 우리는 그 도전의 과정에서 나 자신과 친해졌음에 확신한다. 쉽게 꺼낼 수 없었던 조심스러운 이야기를 이제 꺼낼 수 있게 되었기 때문이다. 나를 주위에 알리는 방법을 알게 된 우리는 앞으로도 서로의 이야기를 계속 공유해 나갈 것이다. 그리고 아직 어린 우리는 더 괜찮은 미래를 위해 멈추지 않을 것이다.

근아 (1학년, 엉뚱 발랄 잠만보)

무서운 것을 보아도 잘 놀라지 않는 겁이 없는 소녀이다. 미소가 매력적이며 엉뚱 발랄하다. 도서부원 아이들이 기분이 안 좋아보이면 살짝 다가와서 살살 웃으면서 풀어주는 재롱쟁이이다. (근아의 웃음은 어깨를 들썩이며 "으흐흐흐흐흐") 같은 반 소정이의 말에 따르면 학교에서 잠을 그렇게 많이 잔다고 한다. 하지만 교실 밖에서는 점심저녁 당번활동이든 토론활동이든, 빠지지 않고 성실히 오는 몇 안 되는 1학년 친구다.

민경 (2학년, 동아리 엄마)

다른 사람 이야기를 잘 들어주는 엄마 같은 부대표이다. 장난기가 많아서 아이들과 두루두루 잘 지내며 순진하고 어린 아이 같아서 보고 있으면 귀엽다. 잠은 많은데, 공부할 때만큼은 엄청 꼼꼼하다. 뭐만 하면 실실 잘 웃고, 성격이 둥글둥글해서 대하기가 편하다. 좋게 말하면 착하고 나쁘게 말하면 만만해서 1학년 남자아이들이 잘 놀린다. 그래도 마음 상해하지 않고 잘 놀아주는 착한 부대표이다.

민우 (2학년, 투덜이)

말을 잘 안 듣고 투덜대는 투덜이다. 작년 말이랑 학기 초에는 동아리에서 나갈 거라고 난리를 치기도 했었다. 작사가가 꿈이라 그런지 항상 이어폰을 꽂고 나타나곤 하는데, 구석에서 혼자 음악을 듣고 있기도 한다. 동아리의 트러블 메이커지만 아주 가끔은 도움이 되기도 한다. 한편으로는 생일선물이나 기념일 선물도 잘 챙겨주는 조금 자상한 친구다. 하지만 언제까지 투덜댈 건지는 모르겠다.

소정 (1학년, 다재다능)

꿈이 군인인 만큼 똑 부러지는 성격에다가 음악도 미술도 잘하는 아이다. 몸매도 얼굴도 예쁜 사기캐릭터다. 차가운 것 같아 보일 때도 있지만 깜짝 몰래카메라에 제일 먼저 눈물을 터뜨리는 여린 아이다. 글도 잘 쓰고 뭐든 열심히 하려고 하는 적극적인 친구지만, 당번활동 같은 막노동은 딱히 열심히 안 하는 것 같다. 열심히 하자 소정아!

소희 (2학년, 자유로운 영혼)

글을 엄청 잘 쓰며 문학소녀이다. 철학도 좋아하고 문학도 좋아하고 음악도 좋아하는, 많은 분야에 소질이 있는 아이다. 그리고 먹방의 강자이다. 치킨을 매우 잘 먹으며 매시간 배고프다는 말을 한다. 몸매가 예쁜데도 만날 다이어트를 할 거라고 말한다. 다이어트 할 때도 많이 먹긴 하지만 아예 마음 놓고 먹을 때는, 축복 받은 듯 며칠 굶은 사람처럼 와구와구 먹는다. 또한 매사에 긍정적이고, 눈물이 많으며 외모는 키도 크고 혼혈아처럼 생겼다. 다른 아이들에 비해 막 찍어도 예쁘게 나와서 굴욕적인 사진이 잘 없다.

수지 (1학년, 잘생긴 치킨집 사장이랑 결혼 예정)

잠이 엄청 많다. 주말에 모여야 하는데 끝날 때까지 집에서 자느라 오지 않은 적도 있다. 공부도 잘하고 똑 부러지는 성격인데, 가끔 보면 엉뚱하다. 눈이 크고 웃는 모습이 특히 예쁘다. 또한 2학년 선배에게도 할 말은 다 해서 사람들을 놀라게 할 때도 있다. 하지만 모든 것이 치킨 앞에서는 무장해제가 되는 단순하기도 한 친구다.

세림 (1학년, 행복하자 아프지 말고)

허약해서 자주 아프다. 처음에는 낯도 많이 가리고 말을 하면 쑥스러워 웃기만 했는데 지금은 장난도 치고 인사도 엄청 밝게 한다. 키도 작고 예쁘게 생겼는데, 목소리도 여성스러운 아이다. 항상 예의 바르고 말 잘 듣는 모범적인 학생이라서 누구한테든 좋은 이미지인 것 같다.

아경 (2학년, 잔소리 대마왕)

일단 후배들을 잘 챙겨준다. 그 말인 즉 착하다. 그리고 말투에 귀여움이 있다. 그러나 아이들에게 잔소리가 많아서 잔소리 대마왕이다. 어쨌든, 학생회 일이랑 도서부 일한다고 2학년 한해는 정말 열정과 체력과 정신까지 불태운 듯하다. 너무 피곤해 보인다. 그래서 안쓰러울 때도 많다. 그런데 힘든 티 안 내려고 하는 것 보면 보는 사람 마음이 약해진다. 항상 인사할 때마다 장난도 쳐준다. 아무래도 친화력이 대단한 듯하다.

주훈 (2학년, 순둥이)

말은 잘 안 듣지만 속은 엄청 여리고 엄청 착하다. 뭐 해오라 하면 꼬박꼬박 잘 해오긴 하는데, 허당이다. 1학년 때 말도 잘 안하고 낯을 많이 가리는 듯했으나 지금은 자기 생각도 당당하게 말할 줄 알고 말을 하면 할수록 매력적인 아이이다. 가끔 엉뚱한 모습이 웃음을 자아내기도 한다. 수줍은 오빠 컨셉 우쭈쭈.

준영 (2학년, 옆집 아저씨)

자기가 할 일을 너무 자주 미루어서 나중에는 기억도 잘 못한다. 그러나 먹을 때만큼은 엄청 열정적으로 먹는다. 가끔 이상한 얘기를 해서 놀란 적도 꽤 있지만 옆집 아저씨와 같은 친근함이 있다. 부산으로 여행을 갈 때도 집 앞 슈퍼 나가는 아저씨 차림으로 나오는 이해할 수 없는 친구다. 옛날 이름이 차봉열이라서, 아이들이 봉열이라고 부른다. 참 친근한 이름이다.

지민 (1학년, 쌀집 아가씨)

면접 때, 쌀까지 들 수 있다는 강한 의지를 드러내서 2학년들 사이에서 쌀집 아가씨로 불린다. 듬직한 1학년의 대표로서 맡은 일을 잘 해낸다. 눈, 코, 입이 모두 예쁘고 조화롭다. 도서부의 1학년 대표이기도 하지만, 1학년 1반의 반장이기도 해서, 무엇이든 잘 이끌어나갈 줄 알며 모든 것에 열정적이다. 미술을 잘 해서 표지 제작에 심혈을 기울여주기도 한 고마운 친구다.

찬민 (1학년, 막말하는 문학소년)

1학년 남학생들 중 유일하게 책 쓰기 활동에 참여한 아이이다. 처음에는 반항적인 줄 알았는데, 볼수록 다른 남자애들과 다르게 모범적이고 활발하다. 한번은 '눈물왕자'라는 찬민이의 글이 많은 아이들에게 감동을 주기도 했다. 욕을 많이 써서 제지가 필요한 아이지만, 말을 웃기게 해서 같이 있으면 즐거운 친구다.

효경 (2학년, 천사)

엄청 꼼꼼하고 여리다. 뒤에서 아이들을 잘 챙겨줘서, 마치 우렁각시 같다. 날개 없는 천사같이 순수하고 정말 착하다. 그래서 다른 사람들이 생각하지 않는 세심한 것까지 생각한다. 가끔 혼자서 너무 많은 생각을 하느라 다른 사람의 목소리를 듣지 못할 때가 있다. 그럴 때는 못 들은 거니, 상처 받지 말고 다시 말 해달라고 효경이는 부탁한다. 춤도 노래도 공부도 잘하는 다재다능한 아이이며, 어지러운 사회 속에서 꼭 지켜주고 싶은 순수한 천사 같은 아이다.

차
례
─

1
장
·
나
―

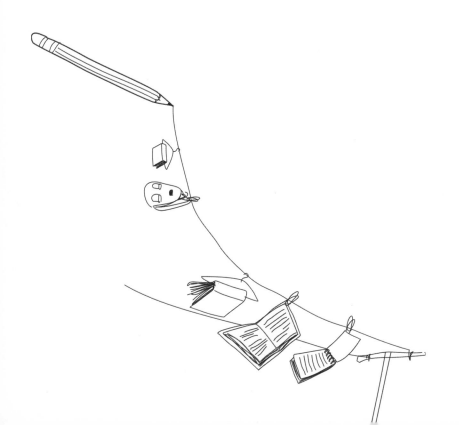

나의 일상 ―

어른이든 학생이든 여자든 남자든, 반복되는 생활을 하는 것은 비슷하지 않을까. 우리는 매일 같은 장소에서 비슷한 일을 하고 비슷한 경험을 한다. 하지만 그 안에서, 누군가는 행복하다 말하고 누군가는 불행하다 말한다. 나는 그 둘의 생활이 크게 다르지 않음을 짐작할 수 있다. 다만 크게 차이 나는 것은 마음가짐일 것이다. 우리는 후회와 고통 없이 살 수 없다. 하지만 걱정 없이 살 수는 있다. 미래에 다가올 불행한 일들을 예측하고 계산하고 두려워한다면 행복할 수 있는 시기는 도대체 언제인가. 걱정으로 가득한 채 현재를 보내면 결국 과거도 현재도 미래도 행복할 수 없다.

또 우리는 너무 미래를 위해 살아가는 것 같다. 현재가 죽을 만큼 힘든데 그런 상태에서 현재를 견뎌본다 해서 미래에 행복할 것이라는 보장이 있을까? 미래에 웃기 위해 현재를 보내지 말고 웃으며 현재를 보내면 자연스레 행복한 미래가 올 것이라고 본다. 고통을 피하는 쾌락주의적인 삶을 살자는 것이 아니라, 너무 미래에 집착하지 말고 자연스레 현재를 즐기자는 것이다. 똑같은 환경, 기회 속에서 더 행복한 사람이 되려면 하는 일을 바꾸는 것이 아니라 하는 생각을 바꾸어야 한다.

아이들의 일상생활을 보면서 느낀 것은 꽤 암울하다. 대한민국은 고등학교 때 열심히 공부하고 대학교 가서 논다는 생각이 일반적이다. 공부하러 간 대학교에서 왜 논다는 말이 나온 걸까. 우리나라 교육계가 정상적이라면, 반복되는 학교생활에 지쳐가는 학생들에 대한 방안을 벌써 내놓았겠지. 물론 일상생활 중 재밌는 일도 많이 일어나고 자주 웃기도 하겠지만, 기본적인 틀은 암울하기 그지없다. 벗어나고 싶어 하지만 벗어날 수 없는 것이 현실이다. 글을 읽으면 알겠지만 하루하루가 정말 한 마디로 재미가 없다. 저 속에서 아이들을 괴롭히는 또 하나의 굴레는 경쟁이다. 친구보다 시험을 못 치면 등급이 안 나온다. 낮은 등급을 받으면 내가 원하는 대학교와 학과에 입학할 수 없거나 등록금이 저렴한 국립대학에 갈 수 없다. 그러므로 다른 친구보다 시험을 잘 쳐야 하고 더 많이 공부해야 한다. 그러한 경쟁의 굴레가 우리들의 일상을 피곤하게 지치게 하는 것이다. 2인칭 또는 3인칭으로밖에 볼 수 없었던 학생들의 일과를 일기 형식의 1인칭 시점에서 구경해 보자. 우리는 이렇게 하루하루를 보낸다.

소정

고 1이 된 지 어느덧 6개월이 지났고 나에겐 많은 변화가 있었다. 매일 7시에 일어나던 내가 6시에 일어나고, 밥을 스스로 차려 먹어야 하고, 또 눈에 들어오지도 않는 영어단어를 아침부터 외워야 했다. 내 아침 시간은 덜컹거리는 버스 안에서 창 너머를 바라보는 것으로 시작된다. 학교에 와서는 야자 시간까지 수업을 듣는다. 내가 항상 조는 시간이 있는데 시간표마다 다르지만, 아침자습시간과 1교시, 5교시는 항상 꾸벅꾸벅 존다. 이젠 습관이 되어버려서 안 졸면 이상할 정도다.

처음에는 뒤에 나가 졸음을 쫓곤 했지만 이젠 그것도 내성이 생겨버렸는지, 도무지 통하지 않는다. 가끔 우스운 춤을 추기도 하고 머리를 털기도 한다. 이렇게 가까스로 수업을 듣고 나면, 야자 시간이 나를 또 반기고 있다. 전혀 반갑지 않은 손님이다. 야자 시간에는 주로 공부를 하거나 독서토론을 하는데, 독서토론시간에는 졸지 않아서 좋다. 하지만 야자 시간에는 그렇게 졸아도 잠은 왜 그렇게 계속 오는지, 자꾸 병든 닭처럼 꾸벅꾸벅 졸고 만다. 학원으로 가는 버스 안에서 최대한 자려고 노력하지만, 이상하게도 학교수업이 다 끝난 9시 이후에는 또 잠이 오지 않는다. 그렇게 월요일, 목요일마다 수학학원으로 끌려온 후, 또다시 졸음의 연타. 다시 졸기 시작한다. 내 하루는 간단하게 말해서 졸음의 연속 같다. 그게 일주일이 되고, 한 달, 1년. 일상이 되어버렸다. 다른 나라에 태어났다면 좀 나을까.

소회

아침에 일어나 40분간 준비를 하고 대문을 나선다. 친구 아빠 차를 타고 7시 50분까지인 등교 시간에 맞추어 학교로 향한다. 교문에 계신 선생님께 인사를 드린다. 왜 인사를 똑바로 안 하느냐고 소리를 고래고래 지르시기도 한다. 아이들은 좋아하는 선생님께 인사를 예쁘게 하기 마련이다. 50분까지 반에 도착하지 않으면 벌금이 1,000원이다. 칠판에는 벌금 내지 않은 사람의 명단이 적혀 있다. 7,000원까지 밀린 친구도 있다. 하지만 돈을 낸다고 해서 지각하는 버릇이 고쳐지지는 않는다. 아침의 꿀잠이 감히 1,000원 따위와 비교나 될 수 있겠는가. 그 심정을 충분히 이해하지만, 학급비를 미뤄 내는 건 우리가 같이 만든 학급규칙을 따르지 않는 행동이다. 얼른 칠판에 친구들 이름이 지워졌으면 좋겠다. 종이 치면 담임선생님께서 들어오신다. 영어 선생님들은 대부분 현실적이시고 비교적 까다로우시다. 그래서 말인데 우리 반 담임선생님은 영어 선생님이시다. 영어 듣기 책을 꺼내라 하신다. 넋 놓거나 자는 아이는 따가운 눈총을 받는다. 항상 대학에 관련된 말, 자극적인 말을 해 주신다. 기말고사는 끝나도 선생님의 교육열은 끝나지 않는다. 몇몇 아이들은 잔소리에 지치고 몇몇 아이들은 자극을 받아 더 열심히 한다. 어떻게 되든 자유이다. 나는 그 중간이다.

5, 6교시는 아이들 상태가 엉망이다. 식곤증과 함께 여름이라면 가장 더운 날씨가 펼쳐지는데, 이때 되면 많은 아이들이 몸은 교실에 두고 유체이탈을 하거나 꿈나라로 떠난다. 비교적 맑은 정신상태의 7, 8교시가 끝나면 저녁을 먹는다. 하루 동안 못했던 얘기를 나누며 친구와 저녁을 먹는다. 그러다가 종이 울리면 야자가 시작되는데, 시험 2주 전부터는 시험공부를 하고 그 전에는 대부분 책을 읽으며 시간을 보낸다. 피곤하면 잠을 자기도 한다. 공부는 하고 싶은 사람이 하는 거지 무작정 잡아둔다고 잘 되는 것은 아니다. 잠은 집에 가서도 잘 수 있는 건데 불편하게 책상에 앉아서 자기 싫다.

야경

고등학교에 올라온 후 거의 항상 똑같은 일상이 반복된다. 평일에는 아침에 일어나 눈도 못 뜬 채 급히 챙겨 학교에 간다. 아무리 바빠도 아침밥을 거르지는 않는다. 학교에 도착해 아침 자습시간, 1교시, 2교시, 3교시, 4교시가 지나고 점심시간에는 급식지도를 한다. 급식지도 후 도서관에 가거나 친구와 수다를 떨며 휴식을 취한다. 또 오후 수업이 끝나면 저녁 시간에는 대부분을 도서관에서 보낸다. 야자 시간에는 야자를 할 때도 있지만, 대부분의 야자 시간은 독서토론, 사회토론, 학생회회의 등으로 보낸다. 학교를 마친 후 고2 초까지는 영어와 수학을 번갈아 갔지만, 영어를 다니지 않는 이후로부터는 수학을 가거나 독서실을 가거나 집에서 휴식을 취한다. 주말에는 논술, 글쓰기 등 미룬 수업을 가고 나머지 시간에는 친구들과 놀러 가거나 집에서 가족들과 휴식을 취한다. 항상 반복되는 지금에서 빨리 벗어나고 싶다.

  가기 싫으면서도 막상 가면 가장 많이 웃게 되는 곳, 우리와 가장 가까운 기관이면서도 때로는 증오의 대상이 되는 곳, 여러 가지 문제가 일어나면서도 가장 많은 추억을 쌓을 수 있는 곳, 바로 학교다. 우리는 이러한 학교로 매일 아침 발걸음을 옮긴다. 초등학교 1학년, 8살 때부터 학교를 다니니, 12년 동안 학교를 다닌다. 한 사람의 인생에서 12년을 학교에 투자하게끔 되어 있는 것이다. 단도직입적으로 한 가지만 묻고 싶다. 과연 12년만큼의 가치나 효과가 있을까? 학교폭력, 성적비관 자살, 교권과 학생인권 침해, 체벌, 학교를 둘러싼 각종 비리 등의 문제를 감수하고도 우리에게 꼭 필요할까?
  어쩌면 학교는, 사회인이 되기 전 경쟁에서 진 사람들을 걸러내는 도구가 아닐까 생각된다. 경쟁에서 승리한 소수만이 웃을 수 있는 곳이 아닌, 교육에 참여하는 모두가 웃을 수 있는 그런 곳이 되어야 한다. 교육의 본질을 되찾아야 할 시점인 것 같다.

2장 · 보다 —

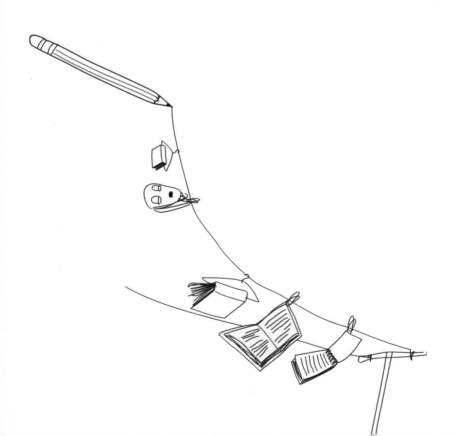

꽃
들
에
게

희
망
을

—

모든 애벌레가 나비가 되기를 원하듯, 우리도 모두 완전한 내가 되기를 원한다. 더 나은 사람이 되기 위해 사회 속에서 공부하고 돈을 벌고 행복을 추구하는 것이다. 이렇게 올라가려고만 하는 우리에게 사실 '무엇을 위해 이렇게 악을 쓰고 올라가려고 하니?' 라고 묻는다면 우리 중 누구도 정확한 대답을 할 수가 없다. 지금 우리에게 가장 소중한 것은 무엇일까? '꽃들에게 희망을' 은 목적은 있지만 목표는 없는, 방황하는 우리의 모습을 담았다.

이 책은 진정한 자기 혁명이 무엇인가에 대해 말하고 있다. 애벌레는

하늘로 올라가기 위해서는 다른 애벌레를 밟고 올라가 하늘 높이까지
닿아야 한다고 생각한다. 하지만 애벌레가 하늘로 올라가는 방법은 다
름 아닌 나비가 되는 것이다. 번데기 속에서 힘겨우며 지겹고 고통스러
운 시간을 보내고 나비가 되어 날아오르는 것이 애벌레가 하늘로 가는
유일한 방법이다. 하지만 동산에 있는 어리석은 애벌레들은 하늘로 가
는 방법을 모른다.

　우리는 이것이 흡사 우리나라의 학교나 사회와 비슷하다고 생각했
다. 사람들은 행복하기 위해 대학교에 가고 취업을 하지만, 꼭 그 길만
이 나비가 되는 길은 아니기 때문이다. 번데기가 되기 위해서는 친구
애벌레를 밟고 올라가는 것이 아니라 나 자신과 싸워서 번데기 속에서
인내하고 견뎌내야 한다. 하지만 애벌레들이나 학생들은 그것을 잘 모
른 채 옆에 있는 친구보다 성적이 잘 나오면 경쟁에서 이기게 되고, 좋
은 대학 좋은 직장까지 갈 수 있다고 생각한다. 내면적인 나를 가꿔서
하늘로 닿아야 하는데 친구를 밟고 올라간 하늘이 그들에게 어떤 의미
일까.

　우리는 책을 읽고 기둥, 나비, 애벌레의 의미에 관해 이야기를 나누어 보았다. 기둥은 올라왔을 때 성취감을 느낄 수는 있는 곳이지만, 사실 아무것도 존재하지 않는, 텅 빈 의미 없는 곳은 아닐까 하는 생각을 가져보았다. 모든 이들이 추구하는 보편적인 기준이나 길과도 같으며 이 노선을 타지 않으면 불안해지지만 사실 핵심이 없는 곳 같았다.

　지금 우리가 이 기둥을 올라가고 있는 것이 아닌가하는 생각이 들었다. 나비가 자신의 가치를 알고 성숙한 사람이며 삶의 목표를 찾아 이루고 완전체가 된 사람이라면 반대로 애벌레는 아직 성장을 모르고 목표 없이 허황한 꿈을 쫓아가는 사람인 것 같았다. 우리는 애벌레일까,

나비일까, 그 중간쯤일까?

　이어서 기둥과 같은 다른 사람이 만들어 놓은 길을 그대로 따라 걷는 것의 의미를 생각해 보았다. 그렇게 살아간다면 남들과 비슷한 평범한 삶 또는 겉보기에는 남보다 화려한 삶을 살 수 있다. 하지만 우리는 그러한 삶이 껍데기만 남은 죽은 사람의 삶이라는 생각이 들었다. 나만의 가치가 없고 다른 사람의 가치만 남은 무의미한 삶인 듯했다. 진정 내가 가고 싶은 길이 아니지 않을까라는 생각이 들었다.

　끝으로 이 책 속 기둥을 오르는 애벌레들이 서로를 밟으면서까지 기둥 위로 올라가려고 하는 것에 대해 이야기를 나누었다. 옳지 않다는 의견도 나왔고 옳다는 의견도 나왔지만 옳다고도 옳지 않다고도 할 수 없을 것 같다. 1등만을 추구하는 세상에서 1등이 되려면 그 밑 아이들을 밟고도 올라가야만 한다. 경쟁을 붙이는 사회에서는 우열평가가 이루어질 수밖에 없으니 친구를 밟고 올라가는 것은 어쩔 수 없는 것이 아닐까? 그러나 노랑나비가 오랜 시간을 걸쳐 탈바꿈한 것처럼, 우리도 남을 밟아 올라가기보다는 나 자신을 성장시켜 목표점에 도달하는 그런 사람이 되어야 한다.

　"우리의 인생을 애벌레가 나비가 되는 과정으로 본다면 우리는 지금 어디쯤일까? 아직도 애벌레더미 속에서 헤매고 있는 건지, 번데기 안에서 인내하고 기다리는 중인 건지, 우리는 어디쯤인 걸까?"

　기둥을 올라갈 때 다른 애벌레들을 밟고 간 것이 아무생각 없이 보면 이기적으로 보이겠지만, 우리 사회에 빗대어 보면 우리는 모두 그렇게 살아가고 있지 않나 하는 생각이 들었다. 흡사 학교의 '시험' 제도를 나타낸 것 같았다. 시험 1등자리가 구름에 가려져 안 보이는 꼭대기고, 우리는 그곳에 가기 위해 다른 친구들을 밟고 올라가는 호랑 애벌레였다.

　학교에서는 물론 사회에서도 남을 밟아야 자신이 올라설 수 있는 게 지금 우리가 살고 있는 현대 사회라는 생각이 들었다. 물론 누구에게는 상처가 될 수 있는 방식이지만, 내가 밟히지 않기 위해서는 누군가를 밟을 수밖에 없지 않을까 하는 생각이 든다. 그래서 책을 읽는 내내 안타깝기도 했고 쓸쓸하기도 했다. 또한 목표 없이 올라가던 수많은 애벌레들이 마치 지금 우리의 모습과 같아 보였다. 보통 사람들이 만들어 놓은 길을 따라, 때론 옆에 친구들을 밟으면서도, 그 길을 따라 올라가고 있다.

"목표나 꿈 없이 단지 목적만으로 이 길을 올라가야만 할까?"

나는 누구인가? ―

　나를 가장 잘 아는 사람은 누구일까? 나를 낳아주신 부모님도 아니고, 몇 년 지기 친구도 아니고, 학교 선생님은 더더욱 아니다. 나 자신을 가장 잘 아는 것은 바로 나다. 하지만 우리는 내가 누구인지를 잃어버린 채 나의 어렸을 적 꿈도 까먹어 버린 채 살아간다.

　우리는 충분히 우리를 잘 이해할 수 있다. 하지만 가만히 있다고 해서 되는 것은 아니다. 우리는 나 자신을 알아가기 위해 나에 대해 생각하는 시간을 갖기로 했다. 어렵게 글로 쓰라고 하면 철학적 자아 성찰로 생각하고 힘들어할 것 같아서 '나 자신을 사물에 비유한다면 어떤 것에 비유할 수 있을까?' 라는 질문을 던져주었다. 아이들은 하나둘씩 자신을 빗댄 사물을 그려내기 시작했고 그에 걸맞은 설명까지 덧붙였다. 나를 무엇인가에 비유하려면 먼저 나를 알아야 하므로 자연스러운 자아 성찰이 이루어진 것이다. 그렇게 해서 아이들은 참신하고 재미있고, 때로는 감동적인 그림과 글을 남길 수 있었다.

근아

나는 지금 속이 텅 빈 대나무 같은 존재이다. 사람들이 대나무라고 하면 올곧고 지조 있는 사람인가? 라고 먼저 떠올리게 되지만 나는 다르게 생각한다. 대나무는 빨리 자라 올곧지만, 안이 텅 비어 있다. 대나무처럼 아직 나는 공부도 채우지 못했고 꿈으로도 채우지 못했으며, 내가 하고 싶은 일로도 채우지 못한 많이 부족한 상태이다. 대나무가 다 크고 나면 다양하게 이용되듯이 내가 나중에 꿈을 이루게 되면 다양한 방면으로 유능한 사람이 되고 싶다. 대나무처럼 지조 있게 내가 가지고 있는 가치관을 쭉 밀고 끝까지 지켰으면 하는 바람도 있기에 나는 지금 대나무 같은 존재이다.

민경

나는 나를 풍선을 단 방석으로 표현했다. 방석이면 방석이고 풍선이면 풍선이지 두 가지를 합한 것에 대해 의아해 하는 사람들도 있을 것이다.

그렇지만 내가 두 가지 사물을 섞은 이유는, 다른 사람들이 생각하는 나 자신과 내가 진정 원하는 나 자신이 다르기 때문이다. 주위의 사람들은 나를 방석 같은 사람이라고 생각
할 것이다. 그 이유는 많은 사람에게
자주 듣는 말이 '편하다' 라는 말이기
때문이다. 외모적으로 편한 것도 있지
만, 내가 다른 사람에게 대하는 행동들
이 다른 사람들을 편하게 해준다는 소
리를 많이 들었다. 그런 소리를 들을 때
는 다른 사람을 편하게 해줬다는 것에
대해 보람을 느끼기도 한다.

　그런데 가끔 다른 사람을 편하게 하고
자 하다가 정작 나 자신이 어떤 것에 대
해 억압받는 것이 많은 것 같다. 그러므로
나는 풍선, 즉 자유로운 사람이 되고 싶다. 많은 사람에게 편한 존재가
되는 것도 아주 좋고 뿌듯하지만 가끔은 나도 편해지고 싶고, 나만의
자유를 누리고 싶을 때가 많기 때문이다. 나는 편안함과 자유가 조화된
풍선을 단 방석에 나 자신을 비유하고 싶다.

세림

　나는 나 자신을 퍼즐에 표현했다. 퍼즐은 다 맞추기 전에는 어떤 그
림인지 잘 모르지만 다 맞추고 나면 무슨 그림인지 알 수 있다. 이처럼
나를 퍼즐에 비유한 이유는 내가 아직 내가 원하고 하고 싶은 걸 정하
는 것이 완성의 단계가 아니기 때문이다. 물론 나처럼 완성의 단계가
아닌 친구들도 있을 것이고 완성의 단계에 가까운 친구들도 있을 것이
다. 나는 다 맞춰진 퍼즐 조각처럼 완성의 단계에 가까이 다가가는 친
구들이 너무 부럽다. 그 친구들에 비해 나는 아직 아무것도 해보지 않
은 것 같아 초라해 보일 뿐이다.

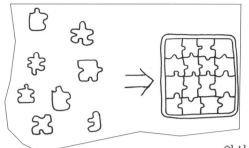

그 친구들이 어떻게 해서 퍼즐 조각을 맞춰 갔는지는 잘 모르겠지만 나도 그 친구들만큼은 아니더라도 퍼즐 조각을 조금씩 천천히 맞춰나가며 완성의 단계에 가보고 싶다. 물론 퍼즐 조각이 다 맞춰진 것처럼 완성의 단계에 도달하려면 내가 지금보다 훨씬 더 노력해야 하는 걸 알고 있다. 그래서 나는 다 맞춰진 퍼즐 조각처럼 내 꿈도 다 맞춰져 있으면 하는 바람이다.

소정

아마도 나는 아직 바다를 바라보고는 있지만, 편견이나 고정관념에서 벗어나지 못한 금붕어인 것 같다. 내 앞길을 방해하고 있는 장애물을 뛰어넘어야 나는 마침내 내 꿈을 이룰 수 있다. 그리고 나는 이것을 놓고 싶은 내 마음과 귀찮음으로 정의했다. 유리막을 사이에 두고 바다를 꿈꾸는 내 모습이 남들이 볼 때는 한심해 보일 수도 있겠지만, 열심히 유리막을 뛰어넘기 위해 노력하는 내 모습을 그린 것이다. 언젠가는 내가 그린 그림 속 금붕어처럼 유리막을 넘고서 바다를 향하는 나를 꿈꾸며 그린 그림이다.

소희

나는 나 자신이 도화지 같다고 생각한다. 왜냐하면 나는 끊임없이 변화해 왔고 가끔은 찢어지고 더러워졌지만 결국에 나 자신은 어떠한 그림처럼 완성되었기 때문이다. 또 나는 한 분야를 집중해서 잘하기도 하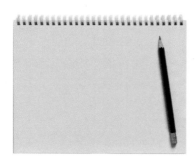지만 여러 분야를 다 좋아하고 열심히 한다. 그런 부분에서 나는 어떤 분야든 잘 어울리고 조화되는 도화지 같다. 무엇을 그려도 이상하지 않은 하얀색 도화지 같다.

또 무엇이 잘못 그려졌을 때도 흔적 없이 지우고 다시 깨끗해질 수 있다는 점에서 도화지와 비슷한 것 같다. 나의 긍정적인 성격은 과거에 대한 집착과 후회와는 거리를 두고 나를 항상 밝을 수 있도록 만들어 주었다. 그래서 나의 긍정적인 성격과 도화지는 닮았다는 생각이 들었다.

수지

나를 상징하는 것은 무엇일까? 상징이라는 것은 매우 다양한 의미를 가지는데, 예를 들어 비둘기 하면 평화의 상징, 왕관은 왕위의 상징인 것처럼, 눈이랑 귀 등으로 직접 지각할 수 없는 무언가(의미나 가치 등)를 어떤 유사성에 의해서 구상화하는 것(물건이나 동물이나 형상 등)을

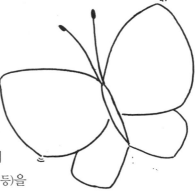

말한다. 하지만 나는 한 번도 나를 상징하는 것을 생각해 본 적이 없었다.

그래서 나와 비슷하다고 생각되는 것에 의미부여를 해서 생각해 보니, 나비 중에서도 아무 무늬와 색이 없는 흰 나비가 생각났다. 나비의 날개에 아무 색깔과 무늬가 없는 이유는 아직 내 힘으로 뚜렷한 성과를 내거나 실현한 게 없다고 생각했기 때문에 그리지 않았다. 나비가 활기차게 공중에서 공기를 가르며 날갯짓하는 모습이 내가 원하는 길로 앞으로 나아가기 위해 노력하는 모습이 내 모습이다.

아경

나는 사람들 앞에서 웃기지 않아도 웃어야 하는 삐에로이다. 조금이라도 실수를 하면 다른 사람들에 비해 엄청나게 욕먹는 삐에로이다. 나는 내가 좋아도 싫어도 사람들을 향해 웃어야 하는 삐에로이다. 삐에로는 아프지도 슬프지도 싫지도 않을까? 삐에로 역할을 맡았지만 지금은 많이 후회하고 있다. 비록 그런 역할을 해야 하지만 자기가 선택한 일이지만 힘들기도 하고 가끔 하고 싶지 않을 때도 있을 것이다. 그 삐에로도 자기가 하고 싶은 대로 행동하고 싶을 것이다.

가끔은 그런 삐에로를 이해해 주길. 그냥 따뜻한 말 한마디로도 삐에로는 큰 힘이 되니까.

지민

나는 내가 생각해도 한 번씩 철이 덜 들었다고 생각한다. 그래서 나를 꼬부랑길에 비유
했다. 지금 하고 싶
은 게 있지만 결정
하지 못하는 내 모
습이기도 하고, 나
자신을 남들처럼 사
랑하지 못하는 내
모습이기도 하다.
최근에 힘든 일도

많고, 갈등하는 일도 많고, 항상 완벽해지고 싶지만 완벽하지 못한 내
모습을 한탄하기도 한다. 어릴 때보다 진심으로 웃는 모습을 잃어버린
나를 보는 일도 많아졌고, 요즘엔 내가 봐도 지쳐 보일 때가 많다. 그
림 속에 있는 나무들은 내 주변 사람들을 비유했다. 내가 비록 바르지
못해도(꼬부랑길) 주위에서 나를 도와주는 사람들이 항상 있기에 그림
속에 나무를 그려 넣었다. 그리고 그림을 보면 두 사람이 있는데 두 사
람은 나의 부모님이시다. 나의 어지러운 길을 걸으면서도 힘든 내색 하
지 않으시고 나를 가꾸어주시고 아껴주는 사람이기 때문이다.

찬민

삐에로는 항상 웃고 있다. 나 역시도 항상 웃고 있다. 삐에로는 항상
웃고 있으므로 진짜 표정을 알 수는 없다. 나 역시도 항상 웃고 있으므
로 진짜 표정을 알기는 어렵다. 삐에로는 남을 즐겁게 해준다. 나 역시
도 남을 즐겁게 해준다. 삐에로는 재주가 많다. 나 역시도 재주가 많은
편이다. 이렇듯 나와 닮은 점이 많다.

항상 웃고 또 항상 남을 즐겁게 하는 공연을 하는 삐에로. 일명 광대라고도 불리는 이들은 진짜 자신들은 웃고 싶어서 웃는 걸까? 자신들은 짙은 화장 속에서 강요된 웃음을 통해 또한 엉뚱한 모습을 보여 사람들을 웃겨야만 하는 삐에로의 특성 때문에 웃는 모습일 수밖에 없는 게 아닐까. 나 역시도 남들이 밝은 아이라고 흔히 말하고, 또한 남들에게 나의 표정을 잘 드러내고 싶어 하므로 항상 웃고 다닌다.

그러나 그 웃음 뒤에 숨겨진 나의 모습은 항상 강요되는 시선에 의해 마음껏 화를 내지도 마음껏 슬퍼하지도 못하게 되어버린 것은 아닌가 하는 생각이 들었다.

효경

나는 지금 부화하기 위해 알 속에서 준비 중인 병아리 같다. 알 속은 학교라는 공간이다. 더 큰 사회에 나가기 위해 학교라는 작은 사회 공간 속에서 다양한 사람들을 만나고 다양한 경험들을 하면서 강해지고 더 단단하게 준비하는 중이다. 더 큰 사회로 나간다는 것이 무섭기도 하고 두렵기도 하다. 하지만 언젠가는 나가게 될 테니, 지금 준비를 해 놔야 그 큰 사회에서 살아남을 수 있을 것 같다.

지금 학교에서도 나와 맞는 사람, 맞지 않는 사람들이 있다. 나와 잘 맞는 사람들만 있으면 좋겠지만, 알을 깨고 나온 세상에는 나와 맞지 않는 사람들이 훨씬 많을 거다. 솔직히 지금 학교라는 알 속에서도 잘 맞지 않는 사람과 어떻게 지내야 할지 스트레스를 많이 받고 있는데 지금 경험하고 배우지 않으면 사회에 나가서는 감당할 수 없을 것 같다.

알 속에서 부화하기 위해 열심히 준비하고 있기도 하지만 많이 두렵기도 하다. 과연 내가 이 알을 깨고 나간 세상에서 잘 살아갈 수 있을지, 잘 지낼 수 있을지 많이 두렵다. 하지만 정말 잘 지내고 싶은 마음이 많이 크기 때문에 지금 알 속에서 열심히 준비하고 많은 경험을 하는 중이다.

나를 어떤 것에 비유한다는 것은 어떤 의미를 가질까? 나 자신과 동일시되는 어떤 무언가를 찾아내고 나면 그 물건에 대한 애착이 생기기 나름이다. 나는 나비 같은 사람이야, 라고 생각하고 나면 나비를 보았을 때 나의 감정이 전과 같지 않다는 것이다. 나비에 대해 나도 모르게 동질감을 느끼게 된다. 이렇게 우리는 우리와 비슷하다고 생각되는 것에 애착을 느낀다.

하지만 왜 정작 자기 자신에게는 애착을 느끼지 못할까? 몇몇 사람들은 자기 자신을 진심으로 믿고 사랑하지만, 대부분 사람들은 자기애가 많이 부족한 것 같다. 나 자신이 어떤 사람인지 분명히 알고, 그 누가 다가와서 나의 존재를 위협해도 떳떳하게 말할 수 있는 용기와 나를 잘 모르는 누군가가 나를 깎아내려도 절대 흔들리지 않는 나에 대한 믿음이 무엇보다 중요하다.

자기 자신을 사랑하려면 먼저 자기 자신을 알아야 한다. 우리는 우리에 대해 얼마만큼 알고 있는가?

나를 찾아서 ㅡ

가끔 살다 보면 내가 어떤 사람인지 헷갈릴 때가 있다. 집 안에서와 밖에서 다른 나의 모습, 친한 사람과 있을 때와 낯선 사람과 있을 때 다른 나의 모습, 가졌을 때와 못 가졌을 때 다른 나의 모습 등 나의 성격과 태도는 환경에 따라 바뀐다. 약자 앞에서 강해지고 강자 앞에서 약해지는 비겁한 나의 모습을 발견하기도 하고, 속해 있는 집단에 따라 변화무쌍하게 바뀌는 나의 모습을 발견하기도 한다. 그래서 더 '진정한 나'를 찾아내는 게 머리가 아프고 혼란스러운 게 아닐까?

그래서 우리는 자신에 대해 생각해 보는 시간을 가지기로 했다. 그때그때 상황에 따라 변하는 우리지만, 우리의 내면에 있는 변하지 않는 무언가를 찾고 싶었다. 나는 누구인지, 나의 장단점, 나에게 좋은 삶이란 어떤 삶인지, 기뻤거나 슬펐던 적은 언젠지, 나의 꿈은 무엇이고 내가 잘하는 분야는 무엇인지 등 우리는 자기 자신에 대한 글을 썼다.

근아

나는 낯을 많이 가리지만 친해지면 웃으면서 잘 다가가고, 슬픈 영화를 보면 잘 운다. 그리고 주변 사람들을 잘 위로해 주거나 고민을 잘 들어주는 사람이다. 원래는 고민을 잘 들어주는 성격은 아니었지만, 큰언니가 전공하는 심리학에 대한 이야기를 듣고 영향을 받아서 고민을 더 들어주게 된 것 같다. 그렇다고 내 꿈이 심리나 상담 쪽은 아니다. 내 꿈은 경찰이니까 말이다.

경찰이라는 꿈을 꾸게 된 계기는 부모님의 추천이었다. 원래 중학교 3학년 때까지 꿈이 불투명했고, 내가 원하는 꿈인 파티시에는 나중에 나이가 들어서 할 수도 있다며 부모님이 반대하셨다. 그래서 될 대로 되라는 식으로 고등학교를 들어왔고, 그때 아빠가 추천해 주신 직업이 경찰이었다. 엄마는 앉아서 하는 일을 추천하셨는데 나는 앉아서 하는 행정직 일이 적성에 맞지 않는다고 생각해서 경찰 중에서도 몸으로 활동하는 강력계 쪽으로 들어가고 싶었다.

사람이 항상 밝을 수 없는 것처럼 나한테도 힘들었던 순간이 있었는데 그 순간은 아마 초등학교 6학년 때가 아니었나 싶다. 그때의 일을 기억해 보면 날 괴롭혔던 애들은 재미로 하거나 아무 생각 없이 한 것 같다는 생각이 든다. 그때의 애들과 나는 아직도 친하게 지내고 있으니까 말이다. 학교도 다르고 만날 수 있는 시간도 많이 없으면서도 만나면 최근에 만난 것처럼 같이 웃으면서 이야기 나누곤 한다. 그래서 더욱더 그때는 걔네들이 그냥 한 번쯤 해보고 싶어서 재미로 했던 것 같다는 생각이 든다. 그땐 주동자가 있었고 그 주동자 주위로 나까지 포함해서 4명이 똑같은 일을 당했다. 따돌려지다가 따돌리고 이런 식으로 말이다. 내가 따돌림 당할 때는 다른 무리의 착한 애들이 와서 위로해 주고 그래서 많이 힘들지는 않았지만, 나에게는 이미 아픈 상처로 남아 버렸다. 그래서 내 성격이 소심해진 것 같기도 하다.

그 따돌림에서 벗어났던 계기는, 학원에서 수업을 듣는데 자꾸 그 주동자한테 전화가 오고 문자가 와서 화가 난 나머지 쉬는 시간에 휴대전화기를 들고 나가 엄청나게 싸웠었다. 그때부터 미안하다는 둥 잘못했다며 사과를 하고 따돌리지 않았다. 뭐 얼마 가지 않아 또 따돌림 같지 않은 따돌림을 당했지만, 그 순간에서는 벗어났으니까.

힘든 순간이 있으면 즐거운 순간도 있을 것이다. 함께하는 사람들과 같이 웃고 즐기면 그것이 행복이라는 생각이 든다. 그래서 내가 살고 싶은 삶은, 그렇게 항상 같이 웃고 즐기며 '행복' 해 하는 삶이다. 꼭 돈이 많아야 하고, 가지고 있는 물건이 많아야 하는 것이 아니라 그냥 나는 '행복'이라는 순간이 계속되는 삶이 가장 '행복'한 삶이라 생각하고 내가 살고 싶은 삶이다.

소희

나는 누구일까? 정말로 궁금하다. 나는 이 세상에 왜 태어났을까? 이런 질문들을 다루는 건 철학자의 몫이라고 생각할지도 모르지만 사실 우리 모두 한 번쯤은 해본 생각일 것이다.

나는 행복해지고 싶어 하는 사람이다. 그래서 내가 행복할 방법을 찾고 실천하는 사람이다. 나는 문학, 철학, 음악, 여행, 교육 등에 관심이 많다. 일어나보니 집에 아무도 없는 휴일, 혼자 주섬주섬 옷을 챙겨 입고 서점에 가 시집을 사 읽기도 하고 가끔은 자아 성찰이랍시고 일기를 쓰기도 한다. 슬프거나 기쁜 일이 있으면 피아노나 기타를 치고 노래를 부르며 감정을 다스리고, 휴가가 다가올 때마다 친구 또는 가족과 여행을 떠나기도 하며 도서관에서 교육 관련 서적을 빌리면서 행복해 하기도 한다. 이렇게 나는 내가 행복할 수 있는 방법을 잘 알고 그것을 실천하는 사람이다.

그리고 나는 스트레스를 최소화하기 위해 긍정적인 생각을 하려고 항상 노력한다. 미래에 대해 걱정만 하면서 보내기에는 지금의 내가 너무 소중하기 때문에 현재의 나에게 집중한다. 나의 미래를 위해 시험공부를 하더라도 현재의 내가 스트레스 받지 않을 정도로만 하고, 기분이 안 좋을 때면 얼른 좋아하는 음악을 찾아 듣거나 좋아하는 장소로 훌쩍 떠나버린다. 이렇게 나는 순간순간의 행복을 중요시하는 사람이다. 행복한 현재를 보내다 보면 나중에 되돌아봤을 때 후회 없는 과거가 그만큼 쌓이는 것이라고 믿기 때문이다.

또 나는 미련한 사람이다. 4년째 이어진 나의 다이어트가 그 이유를 충분히 설명해 준다. 매번 실패하지만, 항상 입에 달고 사는 '다이어트' 네 글자. 4년 동안 실패할 거였으면 그냥 마음 놓고 먹을걸. 먹으면 안 된다는 압박감과 그런데도 불구하고 내 입으로 들어가는 음식을 보며 느끼는 허탈함, 나의 의지는 이것밖에 안 되는 것인가 하며 가끔은 나 자신이 싫어지기도 했다. 이런 내가 너무나도 미련하지만 나는 지금도 다이어트 진행 중이다. 이번에는 꼭 성공할 거라는 믿음을 여전히 가지고 있다. 생각해 보면 한 번도 성공한 적 없었으면서 매번 다이어트를 시작할 때마다 나는 진심으로 이번에는 성공할 거라고 믿었던 것같다. 물론 지금도 진심으로 믿고 있다.

이런 나를 돌아보면 괜히 미련하고 불쌍해 보인다. 하지만 어쩔 수 없다 맛있는 게 많으니까. 어쩌면 나는 날씬할 수 있다는 희망으로 4년을 버텨온 게 아닐까. 이렇게 나는 미련한 사람이다.

또 나는 단순하고 멍청한 사람이다. 생각을 해야 할 때 말고는 생각 없이 살아간다. 길을 걸을 때도 아무 생각을 하지 않는다. 그래서인지 방향 감각이 전혀 없고 10번을 와도 10번 모두 길을 잃는다. 생각 좀 하면서 살아가라는 말도 많이 듣는다. 무관심한 사람이라는 말도 듣는다. 하지만 나는 무관심한 사람이 아니라 그냥 아무 생각이 없는 사람이다. 나쁜 사람이 다가와서 사기를 쳐도 모를 것 같다. 나쁜 친구가 나를 이용하려고 해도 모르고 저 사람이 나를 좋아하는지 싫어하는지도 짐작 할 수 없다. 게다가 나는 기억력도 안 좋아서 있었던 일이나 들었던 것을 거의 까먹고, 물건을 어디 뒀는지 기억을 못해서 매번 잃어버린다. 이것 때문에 어른들에게 혼나기도 많이 혼났지만 마음대로 잘 고쳐지지 않는 부분이다.

하지만 스스로 단점이라고 생각했던 이 점은, 친구들이 나를 좋아해 주는 이유였다. 하지만 나는 착하기보다는 멍청한 쪽이다. 어쨌거나 친구들이 나를 좋아해 주는 이유라는 것을 알게 된 후로부터는 나의 이런 점을 부끄러워하지 않게 되었다. 정신 똑바로 차리고 살아야지 라는 다짐과 노력은 수없이 많이 했지만 고쳐지지 않는 부분이었다. 어차피 고쳐지지도 않으니 나는 그냥 멍청한 사람 하기로 했다.

마지막으로 나는 사랑을 하는 사람이다. 내가 사랑하는 주변 사람들에게 나는 아낌없는 사랑을 준다. 연애할 때도, 가족이나 친구를 대할 때도, 선생님께 존경을 표할 때도 나만의 특별한 방법으로 그들을 사랑한다. 이렇게 나는 사랑을 하는 사람이다.

나를 설명하는 위 문장들은 어떻게 보면 누구나 갖고 있는 당연한 부분이지만 나는 당연함 속에 특별한 사람이 되고 싶다.

3
장
.

말
하
다
—

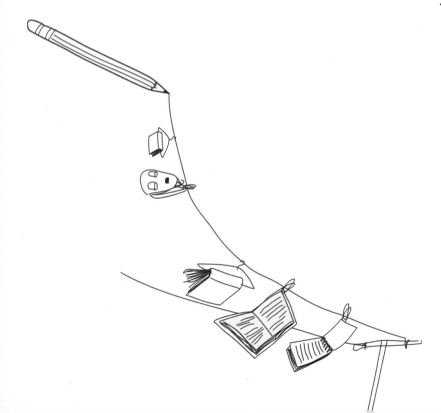

어린 왕자

순수하다? '순수하다'라는 것은 무엇일까? 전혀 다른 것의 섞임이 없고, 사사로운 욕심이나 못된 생각이 없는 것을 말한다고 한다. 그런데 언제부턴가 주위사람들에게서 순수함을 찾아 볼 수 없었다.

모든 사람이 처음부터 순수하지 않았던 건 아닐 것이다. 심지어 범죄자들에게도 순수했던 시절이 있었을 것이다. 그렇다면 이들이 순수함을 잃어버린 이유는 무엇일까. 이런 고민을 하던 중 우리가 읽은 '어린왕자'는 순수함을 상징하는 어린왕자의 이야기를 담아내면서 우리들이 어른이 되어가면서 서서히 잃어버리게 된 순수함에 대해 한 번 더 생각해 보게 해주었다.

어린왕자는 자신의 별에서 사랑하는 장미꽃과의 작은 다툼으로 인해 자신의 별을 떠나와 다른 별들을 여행하는 도중 '나'를 만나게 되어 이야기를 나누는 내용이다. 내용 중에 어린왕자가 '지구'라는 별에 도착해서 만난 여우와 나눈 이야기 중에 '중요한 것은 보이지 않는 법이야.'라는 대사가 있는데, 어린왕자가 장미를 중요시 한다는 것은 눈으로 보이지는 않지만 느껴지는 것이라는 걸 알려준다.

대부분의 사람들은 중요한 것은 보이지 않는다는 것을 알지 못한다. 그래서인지 보이지 않는 것보다 눈에 보이는 것만 중요시하다가, 정작 진짜 중요한 것을 잃어가는 모습을 많이 볼 수 있다. 그렇다면 우리의 눈에 보이지 않는 진짜 중요한 것은 무엇일까.

어린왕자를 읽으며 우리는 어린왕자가 생각한 중요한 일과 우리에게
중요한 일은 무엇인지에 대해 이야기를 나누어보았다. 어린왕자가 생
각한 중요한 일은 책에서 나왔듯이, 바오밥나무를 관리하고, 장미를 관
리하는 것과 같이 자신의 행성을 말끔히 하는 일이다. 그에 비해 우리
가 중요하다고 생각한 일은 좀 더 편하게 살기 위해서, 더 좋은 대학을
가는 일. 좋은 대학을 가기 위해 열심히 공부하는 일이었다. 우리들은
언제부터 중요하다고 생각한 일이 서로 다르지 못하고 똑같아진 것일
까.

그 후 어린왕자에서 나오는 '나' 처럼 어른들에 의해 포기된 꿈에 대

해 이야기를 나누어보았다. 벌써부터 어른들에 의해 포기된 꿈이 있을까 의아해 하며 얘기를 나누었지만, 생각보다 많은 아이들이 어른들에 의해 꿈을 포기해야 했다. 많은 아이들 중 한 아이의 얘기가 생각이 난다. 그 친구는 철학을 좋아해서, 자신의 꿈이 철학가라고 주변에 알렸다. 하지만 주변에서 돌아오는 대답은 따뜻하지 못했다고 한다. 그 이유는 단지 우리나라에서는 철학 분야에서 성공해도 취직할 직장이 없다는 이유였다. 친구의 이야기를 듣고 많은 학생들이 우리나라에서 꿈을 펼치지 않고 외국으로 나가서 꿈을 펼치는 것은, 우리나라에서 성공하고 싶지 않기 때문이 아니라, 우리나라에서 성공할 수 없기 때문이 아닐까라는 생각이 들었다. 자신들이 중요하다고 생각하는 과목이 아니면 외면하는 사회인식을 하루 빨리 개선하는 것이, 우리나라의 인재들을 잃지 않는 일인 것 같다.

마지막으로 우리가 어린왕자처럼 순수하지 않게 된 이유에 대해서 이야기해 보았다. 이 주제에 대해 이야기해 보다가, 그렇다면 어린왕자와 우리가 다른 점이 뭘까 라는 생각이 들었다. 그러면서 알게 되었는데, 우리는 어린왕자보다 이기적이고 욕심이 많았다. 이런 욕심들은 사회를 살아오면서 자연스럽게 접하게 되는 것이었다. 경쟁 사회에서 남보다 뛰어나야 한다는 집념이 나로 하여금 욕심을 갖게 하는 것 같았다. 그뿐만 아니라 목표의식이 생기면서 내가 이뤄야 할 것들에 집착하게 되고 그러면서 주위의 신경 써야 할 것들을 신경 쓰지 못하고 나의 길만 나아가다 보니 욕심이 커진 것 같았다. 인간의 욕심을 부정적으로 보는 것은 아니지만 우리도 어린왕자와 같이 순수했던 시절이 있었을 텐데 이렇게 바뀌어버린 이유가 무엇일까 생각을 하다 보니 그 원인이 욕심에 있다는 생각이 든 것이다.

책
을

읽
고

─

소정

이 책을 옛날에 읽었을 때는 어린왕자가 이상한 게 아니라 어른들이
이상하다고 생각을 했었다. 그리고 사막의 여우가 말을 하거나, B612
라는 행성이 실제로 존재할 수 있는지, 장미가 말을 하는 것에 대해 전
혀 이질감을 느끼지 못했다.

하지만 지금 이 책을 다시 읽으니, 어른을 더 이해하게 되고, 어린왕
자가 특이하고 기발하다는 생각이 들었다. 그만큼 나의 어렸을 적 순수
함이나 상상력이 고갈된 것이다. 그리고 이 책이 어른들의 사회를 은근
히, 아니 저돌적으로 풍자하고 있다는 것을 새삼 깨달았다. 위에서 명

령하지 않으면 절대로 일을 하지 않는 아저씨나 그 책속의 '나'는 지금 세상의 어른이라는 사람들을 나타낸 것일 수도 있다는 생각이 들었다.

어쩌면 지금 나의 모습은 아닐까. 그리고 그 속에서 내가 얼마나 순수함을 잃었는지에 대한 생각이 들었다.

수지

이 책을 1년이 지난 후 다시 읽어보니 생각의 폭이 넓어지고 여러 느낀 점이 많아진 나를 볼 수 있었지만, 그에 비례해서 순수함은 사라진 것 같았다. 순수함이 사라진 자리에서 너무 현실을 직시하는 나를 발견했다. 그 어떤 것도 마음으로 볼 수 없게 된 사람들, 그래서 숫자와 돈에만 집착하게 된 사람들, 쫓기듯 바쁘게 살아가지만 무엇을 추구해야 할지 모르게 된 사람들, 무작정 시간을 절약하려고 들지만 정작 절약한 시간을 어떻게 써야 할지를 알지 못하는 우리들의 모습을 돌이켜보게 한 것 같다. 우리 마음속엔 어쩌면 어린 왕자가 살고 있을지도 모른다. 요즘 현대인들이 소중하고 특별한 존재를 마음속에서 찾아보고 길들여보게 되었으면 좋겠다.

소중한 기억 ㅡ

사람들은 저마다 가슴속에 소중한 기억 하나씩 안고 살아간다. 어른들보다 조금 덜 살아온 우리라고 다를 것은 없다. 오히려 어른들보다 순수하고 아름다운 기억일지도 모른다. 겉보기에는 똑같은 교복에 똑같은 머리, 반복되는 일상을 살아가는 고등학생일지 몰라도 저마다 아름다운 추억이 다르다는 것이 와 닿았다.

우리는 기억 속 고스란히 저장된, 가끔은 삶의 원동력이 되는 의미 있는 일들을 떠올려보고 글로 적어보았다. 적으면서 그때의 기억이 새록새록 살아나는 게, 마치 그때로 돌아간 것처럼 글을 적을 때도 행복했다. 누군가의 예쁜 추억을 보면 나도 덩달아 마음이 편해지는 것 같기도 하다. 또한, 사람들의 행복했던 순간을 들을 때면 나의 행복했던 경험을 떠올려 보기도 하고 그땐 그랬지 하며 추억에 잠기기도 한다.

찬민
눈물 왕자

내가 어릴 적 눈물이 많았었다. 그게 나의 어릴 적 순수함이라고 생각한다. 내가 어릴 때 나는 화가 나면 울었고 내 뜻대로 되지 않을 때 그리고 슬플 때 울었다. 그러나 지금은 화가 나도 내 뜻대로 되지 않아도 울 수가 없다. 다른 사람을 인식하는 어른이 되어 버렸기 때문이다. 어린 시절에는 내 감정을 마음대로 펼칠 수 있었고 또 감정표현이 자유로웠으므로 그때 당시에는 스트레스도 적었다.

그러나 지금의 나는 화가 나도 웃어넘겨야 하고 내 뜻대로 되지 않을 때도 참아야 하고 슬플 때도 슬픔을 감춰야만 하는 어른이 되었다. 어른이 되면 즐거울 거라고 생각했던 어린 시절의 동경은 많은 실망을 주기도 했다. 어른이 될수록 어린 시절의 슬픔과는 격이 다른 힘듦과 아픔이 있지만 울지 않는다. 왜냐하면 나는 어른이 되어 가기 때문이다. 그래서 나는 생각한다. 나의 순수함은 눈물이라고.

눈물은 모든 걸 말하지 않아도 상대방이 감싸줄 수 있는 그런 따뜻함을 가졌다는 것을 어른이 되어가는 나는 깨달아 가고 있다. 어린 시절 꿈도 많고 눈물도 많던 나는 어른이 되어 가는 과정 가운데 점차 꿈도 현실의 성적에 맞춰 바뀌고 눈물이 없는 것처럼 살아가게 되었다는 것이 새삼 슬프다. 그래서 나는 눈물 왕자라는 주제를 선택했다.

눈물로 모든 걸 말하던 그 시절 나는, 순수했다. 어린 시절에는 눈물을 흘리면 모두가 감싸주었다.

하지만 어른이 되어가면서부터 점점 남이 감싸주기보다는 내가 혼자 이겨내는 것에 익숙해져버리고 사람들은 눈물을 보면 감싸주는 것이 아니라 이제 더는 개입해 주지 않는다. 눈물을 흘리든 말든 어른스럽지 못하다며 따가운 시선으로 바라본다. 우리는 어느 순간부터 남의 시선을 의식하게 되었을까?

어린 시절 그때는 나의 슬픔과 힘듦을 모두에게 알리고 싶었다. 그러나 어른이 되어가고 있는 나는 나의 슬픔과 아픔은 점점 숨기고자 한다. 어른이 되어가는 과정도 눈물이 흘러 떨어져 마르는 것과 같다고 생각한다. 눈물은 처음에는 많은 물이 고여 떨어지지만, 시간이 지나면 눈물은 마르게 된다. 우리 인생도 그런 것이 아닐까?

처음에는 눈물이 많았지만, 우리도 시간이 흘러 눈물이 떨어져 마르듯 우리의 눈물도 메말라 버렸다. 순수함이란 거짓이 없는 것이라고 나는 생각한다. 슬플 땐 슬픈 것을 들어내는 것이 순수한 것이고, 눈물이 날 땐 눈물을 흘리는 것이 순수한 것이다. 그러나 지금은 슬플 때도 슬프지 않은 척 살아가고 눈물이 날 때 참고 살아가는 지금은 순수하지 못하다. 눈물은 어린 왕자의 책으로 보자면 순수함인 것 같다.

또한, 눈물은 '어른스럽다'와 '아이 같다'의 대립을 보여주는 것 같다. 어릴 때는 슬픔을 위로하는 눈물이라면 현재의 눈물은 참아야만 하는 것이 되어 버렸다. 하지만 나도 아직은 눈물을 흘려도 되는 그런 존재가 되고 싶은 마음이다.

이렇게 나는 아직 어린아이이고 싶다.

근아

나에게 소중했던 순간은 아마도 가족이랑 여행을 갈 때가 아닌가 싶어. 어릴 때 기억은 안 나지만 사진으로 내가 놀러 간 곳들을 많이 봤거든. 해수욕장에서 찍은 사진도 있고, 아쿠아리움에서 물고기를 들고 찍은 사진도 있고, 공룡박물관 사진 등등 놀러 갔을 때마다 찍은 사진들이 있었어.

가끔가다 심심하면 그 사진들을 보고 추억여행 같은 걸 해. 가족끼리 앉아서 이거는 그때였네! 진짜 재밌었는데 이러면서 사진을 보고는 하는데 그럴 때마다 가족끼리 놀러 가고 싶었어.

요즘에 큰언니는 대학교 가고 둘째 언니랑 나는 고등학생이라서 공부도 해야 하고 다른 것도 해야 한다면서 못 놀고 또 아빠나 엄마는 일이 있으니까 시간이 안 맞아서 미루고 있었지.

그러다가 여름 방학 때 아빠가 놀러 가자고 제안을 하시는 거야. 그래서 이것저것 챙겨서 계곡으로 놀러 갔는데, 아주 좋은 거 있지! 계곡에 들어가서 아빠랑 물싸움하고 돌 위에 누워보기도 하고 목욕탕이라면서 깊은 데를 찾아서 주위에 돌로 막아놓고 들어가고 재밌었어. 아빠도 어린아이처럼 놀았으니까 아마 그때 우리가 어린 왕자처럼 순수해진 것 같았어. 아빠가 힘들다고 돌 위에 눕고 나도 힘들어서 계곡에 몸을 담근 채로 머리에 돌을 베고 누웠는데 너무 편했었어. 돌 위에 누우니까 딱 하늘이 보이는데 뭔가 영화 같았던 거야. 날씨는 좋지 머리 위에 잠자리는 날아다니지 얼마나 좋은 풍경이야. 일상처럼 학교 갔다, 학원 갔다 하면 밤이니까 쉽게 볼 수 없는 풍경이었지.

또 맨날 놀러 간다고 하면 친척 집에 가서 그 안에서만 있었는데 이번 방학에 계곡에 오니까 이게 꿈인가 싶기도 하는 거야. 뭐 그렇게 누워 있다가 귀에 물만 왕창 들어갔지만 그래도 되게 좋았어. 잡아놓은 방에 가서 고기도 구워 먹고 주위에 있는 조그마한 벽화 마을에 가서 같이 사진도 찍고 오랜만에 추억을 만든 것 같아서 엄청나게 기뻤어. 그 다음 날에 절 구경도 하고 꽃구경도 하고 집에 들어오니까 일상으로 돌아간 것 같은 거야. 그래서 놀러 간 그때가 계속 기억에 남는 것일지도 모르겠어. 맨날 학교 학원 집만 반복했었는데, 나의 일상에서 학교 학원이 빠지고 계곡으로 확 넘어가니까 스트레스도 풀리더라고. 항상 놀다가 계곡을 갔다면 모르겠지만 맨날 학교 학원에 잡혀 살다가 딱 탈출하니까 더 재밌는 느낌? '이런 맛에 여행을 가는구나.' 하는 생각이 들더라. 이젠 아마 여행 가는 게 재밌어질 것 같기도 하고. 가족과 함께 하는 시간이 되면, 나는 다시 행복해지는 것 같아.

지민

나에게 의미 있고 행복했던 순간을 꼽으라고 한다면 난 중학교 졸업식 날을 꼽을 거야.

나에게 중학교란 인생을 지금 이 시점에서 돌이켜 봤을 때 정말 소중한 친구를 만난 공간이기도 하고 소중한 인연을 만든 곳이기도 해. 그런 소중한 곳을 떠나는 날인데 정말로 그날은 슬픈 날이었어. 그날은 카메라를 가지고 가서 친구들과 마지막 추억을 찍기도 하고 못했던 진실한 얘기를 하게 된 날이기도 해. 사진을 찍으면서 '마지막일 수 있겠구나.' 하는 마음이 날 더 울컥하게 한 것 같아.

중학교 입학 첫날 "친구들을 어떻게 사귈까?"라는 걱정들부터 시작해서 1, 2, 3학년 동안 있었던 책 또는 돈으로 사지 못할 추억, 가르침, 조언들을 생각하기도 했어. 특히 3학년 담임선생님이 내가 만난 선생님들 중에서는 최고였어. 왜냐하면 선생님께서도 내가 관심 있어 하는 분야의 진로에서 고민해 보시고 무엇보다 나의 입장을 잘 아시는 분이셨거든. 내가 힘든 일이 있으면 조언도 해주시고, 나 자신에 자신이 없는 나를 내가 어떤 아이인지 얼마나 소중한지 일깨워 주시기도 하셨어.

나의 역량이 어느 정도인지도 그걸 얼마나 끌어올려야 하며 어떻게 끌어올려야 하는지 정말로 학생을 사랑해 주시는 분이라는 생각이 들었어.

그런 분이 내 담임선생님이셔서 3학년 1년 동안은 최고로 행복했던 것 같아. 졸업식 날 마지막 교가를 부르며 졸업이라서 들뜬 친구들과 달리 나는 그만 너무 울컥해서 나 먼저 울고 말았어. 그 이후로 다른 친구들도 나비효과처럼 퍼져서 울고 말았지. 평소에 친구들이 날 보면 듬직하고 언니 같고 엄마 같은 느낌이 든다던데 이런 면을 보면 정이 많아 보인다고들 해. 졸업식을 마치고 나가는데 담임선생님이 보여서 한 번 더 안아드리고 고등학교 가서 열심히 하겠다는 약속도 했어. 지금은 내가 그 약속을 잘 지키고 있는 걸까?

만약에 내가 과거로 돌아갈 수 있다면 중학교 졸업식 날로 돌아가서 내가 소중하게 생각한 친구에게 고맙다고 얘기하고 싶어. 바보같이 쑥스럽다고 얘기하지 못했는데 지금 좀 후회 중이거든. 남들은 나에게 쓸데없는 고민을 하고 괜히 남 걱정을 많이 한다고들 해. 그렇지만 그만큼 내가 그 사람을 생각하고 "그 사람이 행복했으면 좋겠다." 결국 이런 생각이거든? 내가 동아리를 들어와서 이런 글을 쓰게 되는 것도 감사하다고 생각하고 겉으로 무뚝뚝하던 내가 정말로 밖으로까지 부드럽고 촉촉할 수 있다는 걸 조금씩 느끼고 있거든. 어쩌면 나에게 행복한 순간은 과거가 아닌 현재 지금 이 순간일 수도 있어.

내가 행복했던 순간을 다시 생각해 보라면 졸업식 날을 떠올리겠지만 먼 훗날 나의 행복한 순간은 바뀌어 있을지도 몰라.
그리고 나에게 마지막으로 하고 싶은 말은 "후회하지 않도록 열심히 하자. 지금 힘들어도 나중에 돌아보면 나의 행복이 되어 있을 테니깐."

그리고 또 하나
의 행복한 순간
은 힘든 일이
있고 집에 온
후에 반겨주
는 고양이들
과 놀 때야.
내가 힘든 일
이 있을 때면

고양이들은 어떻게 알고 나에게 다가와서 애교를 부리거든. 그때마다
힘든 순간을 잊는 것 같아. 잘 때도 잠이 온다고 재워달라며 다가올 때
도 잦아서 아주 귀엽고 고양이와 나는 서로서로 상부상조하는 존재인
것 같아. 내가 보살펴주면 고양이는 그만큼 그 대가로 나에게 힘이 되
어줘. 그림은 고양이가 잠들었을 때를 그린 그림인데 저 때가 가장 귀

엽기 때문이야. 코를 골면서 자는 모습을 보면 내가 아기를 키우는 기분이랄까? 내가 보호해 주고 보살펴 줘야 하는 존재가 있다는 생각에 엄마들은 이런 기분일까? 라는 생각이 들곤 해. 앞으로도 잘 보살펴주고 내가 받은 사랑만큼 많이 사랑해줘야겠어.

수지
어린왕자와 나의 삶

어린 왕자가 만난 사람 중 한 명인 가로등 관리인에 대해서 가장 공감할 수 있었다. 나는 정해진 시간에 주어진 임무를 책임감 있게 해내는 그의 모습은 정말 피곤하다고 느꼈다. 왠지 모르겠지만, 가로등 관리인이 사는 아주 작은 별은 학교 같다는 생각이 들었고, 그가 해내어야 하는 임무는 학생들 그리고 내가 구속되어 있는 수업 시간표와 과제물들, 계획된 일정 같다고 생각했다. 생각만 해도 피곤하지 않은가.

물론 일과를 완벽히 소화해낸다면 자기 전 하루를 돌아보면서 정말 알찬 하루였다며 뿌듯함과 성취감이 들겠지만, 가로등 관리인은 자신에게 주어진 일을 완벽히 해내면서도 그는 여전히 피곤해 하며 자신에게 뿌듯함과 성취감을 느끼지 못하고 있었다. 크게 본다면 그가 사는 별은 우리 현대 사회를 보여주고, 그의 모습은 현대인들의 모습을 보여주고 있었다. 그가 사는 별은 시간이 흐르고 흐를수록 낮과 밤은 더 빨리 바뀌고 그는 그에 맞춰 1분마다 가로등을 끄고 켜는 것을 반복했다.

나는 여기서 찰리 채플린의 모던타임즈가 생각났다. 그 영화에서 그가 하는 행동들은 그 당시 사회를 풍자하는 것이었다. 노동자들에게 같은 작업을 더 빨리 요구하게 되고 그들은 쉴 틈 없이 일하게 된다. 그래서 무엇이든 나사처럼 조이려는 정신병이 생긴 그는 정신병원에 이송

되게 된다. 이 장면은 웃음을 자아내는 장면이지만 정작 내면은 씁쓸하다. 이런 장면이 웃음거리의 소재로 사용되는 걸 보고 정말 씁쓸하고 안타깝다는 생각에 도와주고 싶다고 느꼈었는데, 1년이 지난 후 읽어 본 어린 왕자에서 가로등 관리인을 보고 모던타임즈의 일부분을 보며 느꼈던 감정을 똑같이 느낄 수 있었다.

우리 사회는 밤에도 빛을 내고, 빠르게 변화해가고, 뭐든지 빨리빨리 하는 것을 원한다. 사회 구성원들은 자신이 주체가 되지 못하고 결국 사회에 이끌려 다니기만 한다. 우리 사회가 빨라질수록 별도 함께 빨라지고, 그 사회 구성원들처럼 가로등 관리인, 그 역시도 주체가 되지 못한 채 명령에 따라 빨라진다. 이런 모습을 보고 "우리가 살아가는 하루하루가 이 가로등 관리인의 일처럼 의미 없는 일의 반복은 아닐까?"라는 의문이 들었다.

나는 곰곰이 생각했다. 그리고 나만의 방식으로 답을 도출해 본 결과, 우리 자신의 삶을 가치 있게 만들기 위해 노력해야 한다고 생각했다. 삶을 차분히 반성하고 늘 새롭게 변화시키지 않으면 우리의 일상은 아무런 의미도 없는 어리석은 반복에 불과하게 될지도 모르기 때문이다. 그는 참으로 성실한 사람이었지만, 상황이 바뀌었는데도 주어진 명령에만 따르고, 명령이 옳은지 그른지 판단하지 못했다. 어쩌면 명령을 무시했어야 했을 텐데도 말이다.

이를 통해 깊게 생각해 보고 느낀 점은 남들이 하는 대로, 누가 시키는 대로, 그냥 아무런 생각 없이 살아선 안 된다는 것이다. 그리고 우리 모두가 제각기 자기 삶의 주체가 되어 삶을 꾸려나가야 한다고 말하고 싶었다. 물론 나도 그런 사람이 되려고 끊임없이 노력할 것이다.

나
만
의
어
린
왕
자
─

소희

나만의 별, 나만의 어린왕자

어린 왕자는 지구로부터 멀리 떨어져 있는 일곱 번째 별에 도착했다.

그 별에는 10명의 아이와 2명의 어른이 '교실'이라는 네모난 방에 살고 있었다.

어린 왕자가 그중 더 키가 큰 어른에게 물었다.

"모여서 무얼 하는 거죠?"

그러자 어른은 대답했다.

"우리는 단체생활 중이야."

처음 듣는 말에 당황한 어린 왕자에게 어른은 가소롭다는 듯 말을 덧붙였다.

"어려운 개념은 아니야. 기준을 세워두고 1등부터 10등까지 순위를 매기는 거지.

물론 1등에게는 상이, 10등에게는 벌이 주어져."

"그렇다면 10등인 아이가 너무 불행하잖아요."

"어쩔 수 없어. 게으름의 대가니까."

이해할 수 없다는 듯 어린 왕자는 난해한 표정으로 다시 물었다.

"아이들을 평가하는 기준은 무엇인가요?"

"간단해. 내가 던져주는 지식을 잘 외우기만 하면 된다구."

"…… 그 끝엔 뭐가 있죠? 지식을 외우고 나면, 1등을 하고 나면 뭐가 남느냐 말이에요.

그리고 지식 외우기가 아닌 다른 것을 잘하는 사람은 어떻게 되죠?

예를 들면 여행이나 음악 감상, 책 읽기 등 많은 것들이 있잖아요."

"그런 것들은 생각할 필요 없어. 우리의 기준은 이미 정해져 있으니까."

키가 큰 어른과는 이야기를 그만하기로 한 어린 왕자는 10명 중 한 아이에게 다가가 물었다.

"너는 몇 등이니?"

"나는 10등이야. 절대 바뀌지 않지. 왜냐하면 난 지식 외우기에 흥미가 없거든."

"그럼 네가 좋아하는 건 뭐야?"

"나는 별 관측을 좋아해. 하지만 소용은 없어. 별 관측은 이 별의 평가기준이 되지 못해."

무언가 잘못되었음을 느낀 어린 왕자는 잔뜩 화가 나서는 다시 키가 큰 어른에게 다가갔다.

"기준이라는 걸 없애면 모두가 1등이에요. 사람은 누구나 잘하는 것과 못 하는 것이 있다고요. 당신들은 어리석어요!"

"하지만 오래전부터 이어져 온 기준을 이제 와 바꿀 수는 없어. 그것
도 그렇게 하찮은 이유로 바꾼다는 건 더 말도 안 되지. 그만 돌아가는
게 좋을 거야."

어린 왕자는 그 별이 못마땅했지만 어쩔 수 없이 돌아가야만 했다.
그리고 10등을 하는 아이를 보며 말했다.

"미안해……."

야경

어린 왕자는 일곱 번째 별을 떠나 가까이에 있는 여덟 번째 별에 도
착했다. 한 아이가 여덟 번째 별에 살고 있었다. 그 아이는 풍선 하나를
꼭 쥐고 해맑게 웃고 있었다.

어린 왕자는 그 아이에게 물었다.

"너는 왜 이렇게 풍선을 꼭 쥐고 있어?"

몹시 환하게 웃으며 아이가 대답했다.

"풍선이 저 멀리 날아가 버릴까 봐 그래. 이 풍선이 날아가면 저기 저
별까지 닿을까?"

"날아가다 터질 것 같아."

잠시 울상이었던 아이가 다시 대답했다.

"아니야! 이 풍선은 저 멀리 저 별까지 날아갈 거야."

이 세상 속 저 아이는 어떻게 저만큼 순수하고 해맑을 수 있겠느냐는
생각이 문득 들었다. 그래서 어린 왕자는 그 아이에게 물었다.

"너는 뭐가 그렇게 즐겁니?"

아이가 대답했다.

"즐거운데 무슨 이유가 있어야 해? 너는 즐겁지 않니?"

어린 왕자는 아무 말도 할 수 없었다.

지금 어린 왕자는 즐거운 걸
까?
어린 왕자는 지금 어
디로 가고 있는지 모른
다.
어린 왕자의 앞은 어둡고
깜깜한데 이 세상은 자꾸만
그를 떠민다.
어린 왕자가 다른 길을 선
택한다면 사람들은 그를
욕하고 수군거린다.
어린 왕자는 자신이
왜 이 길을 걸어가야
하는지 모른다.
어린 왕자가 지금 하는 일이 너무 힘들고 지쳐 포기한다면 사람들은
실패했다고 단정 짓고 책임감 없다고 꾸짖기만 한다.
포기라는 것도 큰 용기가 필요한 건데…….
이 아이도 곧 중학생이 되고 고등학생이 될 것이다
그때도 이 아이가 이렇게 하염없이 맑을 수 있을까?
라는 걱정이 앞섰지만 어린 왕자는 그 아이가 부러웠다.
그도 아이처럼 맑고 순수할 때가 있었을 텐데 어린 왕자는 왜 이렇게
변해버린 걸까.
이 아이는 끝까지 웃음을 잃지 않으면 좋겠다.
어린 왕자는 온갖 생각을 다 하며 다음 별을 찾아 자신의 진짜 꿈을
찾아 떠났다.

만경

어린 왕자는 긴 여행 끝에 아홉 번째 별에 도착했다.

오랜 여행으로 지친 어린 왕자에게 제일 먼저 보인 건 다름 아닌 '침대'였다.

그리고 침대 위에는 한 소녀가 이불을 덮고 누워 있었다.

어린 왕자는 아침인데도 곤히 잠든 소녀를 뚫어질 듯이 쳐다보다가 소녀를 깨우기 시작했다.

"애야! 애야!"

어린 왕자의 소리에 소녀가 깨어났고, 피곤한 듯 눈을 뜨지 못했다.

"벌써 해가 중천에 떴어. 얼른 일어나."

"5분만 더 잘게. 조금 있다 깨워줄래?"

어린 왕자는 소녀의 말대로 5분만 있다가 소녀를 다시 깨웠다.

"5분이 지났어. 얼른 일어나!"

소녀는 몸을 일으켜 비몽사몽 한 상태로 어린 왕자를 마주했다.

"왜 지금까지 자고 있니?"

어린 왕자는 물었다.

"너는 왜 날 깨웠어?"

소녀가 물었다.

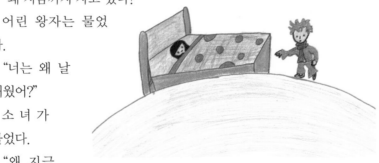

"왜 지금까지 자고 있느냐니까?"

어린 왕자가 다시 물었다.

"어제 밤늦게까지 옆별에 있는 친구와 논다고 새벽에 잠이 들었어."

소녀는 대답했다

"매일 이렇게 늦게 일어나니?"

"응. 친구와 매일 놀거든."

"이렇게 늦게 일어나면 너의 별을 관리할 수 없잖아."

"괜찮아. 아직 나는 잠을 다 자지 못했어. 잠을 방해하지 말아 줄래?"

어린 왕자는 기가 막혔다. 이렇게 나태하고 책임감 없다니.

"너는 괜찮을지라도 너의 손길을 기다리는 꽃들은 하루하루를 힘들게 버틸지도 몰라. 이러다간 너의 별에 너만 남을 수도 있는데, 그래도 괜찮니?"

"……."

소녀는 거기까지는 생각을 해보지 않았는지 어린 왕자의 말에 잠시 멍해져 있었고, 어린 왕자는 그런 소녀를 보다가 더는 이 별에 있을 이유가 없다고 생각하고는 다른 별로 떠났다.

효경

어린 왕자는 긴 여행 끝에 열 번째 별에 도착했다.

그런데 도착한 열 번째 별은 이때까지 가본 별들과는 달랐다.

이상하게 생긴 것들이 별을 조금씩 조금씩 갉아먹고 있었다.

어린 왕자는 별에 사는 한 아이에게 물었다.

"너의 별은 왜 이런 거야?"

아이는 이유를 생각하기 귀찮아 대충 대답했다.

"몰라."

질문하면 꼭 대답을 듣고 마는 어린 왕자는 또 물었다.

"별을 갉아먹고 있는 저 이상한 것은 무엇이니?"

"해충들이야."

어린 왕자는 궁금해져 또 물었다.

"왜 너는 해충들이 네 별을 갉아먹게 놔두는 거야?"

"그냥 귀찮아서."

어린 왕자는 놀라서 눈을 동그랗게 뜬 채 물었다.

"이렇게 계속 놔두면 네 별은 해충들이 다 먹어서 사라지고 말 거야!"

"몰라, 나중의 일이야."

"지금이라도 해충들을 제거해야 해!"

아이는 계속 말을 거는 어린 왕자에게 짜증이 났다.

"왜 남의 별에 와서 남의 일에 신경 쓰고 그래! 네 갈 길이나 가!"

어린 왕자는 아이가 화내는 소리에 시무룩해졌지만, 아이를 도와줘야 한다고 생각했다.

"지금 당장 제거하지 않으면 정말 나중에는 너까지 망가지게 될 거야!"

어린 왕자는 진심으로 걱정했다.

"…… 나까지 망가지게 한다고? 설마……"

아이는 자신까지 망가질 수 있다는 말에 이제야 걱정이 되기 시작했다.

"설마가 아니라, 곧 그렇게 될 수 있어! 어서 제거해야 해!"

어린 왕자는 아이가 조금씩 반응을 보이는 것 같아 기뻐 소리쳤다.

아이는 갑자기 무서워졌다.

어린 왕자는 다시 한 번 소리쳤다.

"얼른 저 해충들을 제거해야

해!"

아이는 해충들을 제거하기 위해 움직였다.

아이는 자신의 별을 갉아먹고 있는 해충들을 제거하면서 지금이라도 제거할 수 있어서 다행이라고 생각했다.

조금만 더 늦었더라면 회복 불가능한 상태가 되어버릴 것을 생각하니 끔찍했다.

아이는 어린 왕자에게 빨리 고맙다는 인사를 하고 싶었다.

그런데 어린 왕자는 이미 자신의 별을 떠나고 없었다

이렇게 우리는 하나의 책을 함께 읽고 토론하며 자신의 경험이나 생각을 글로 적고 또 친구들 앞에서 발표했다. 서로 서로의 글을 경청하면서 그 사람의 삶을 대신해서 느껴보기도 하고, 공감이나 기쁨, 슬픔의 박수를 보내기도 했다. 또한 평범한 줄만 알았던 친구가 특별한 경험을 말해 줄 때, 우리는 새로움을 느꼈고 그동안 친구의 색다름을 알아주지 못한 것을 미안하게 생각하기도 했다. 이렇게 우리는 서로를 더 잘 알아갈 수 있었다.

글은 우리를 나타나게 해준다. 글을 읽으면 그 사람이 어떤 사람이고 어떤 삶을 살아왔는지에 대해 많은 것들을 알게 된다. 그러면서 공감하기도 하고 비판을 보내기도 한다. 그렇게 우리는 서로의 입장이나 경험을 들어봄으로써 나의 삶에 머물러 있는 것이 아니라 다른 삶까지 간접적으로 경험할 수 있게 된다. 우리는 3월부터 몇 개월간 얼굴 맞대고 지냈지만, 서로에 대해 아직 모르는 것이 더 많았었다. 하지만 서로의 글을 경청하는 활동을 통해 그 어떤 방법보다 이 방법이 그 사람을 이해하는 데 큰 도움을 준다는 것을 깨달았다.

4
장
·

떠
나
다
—

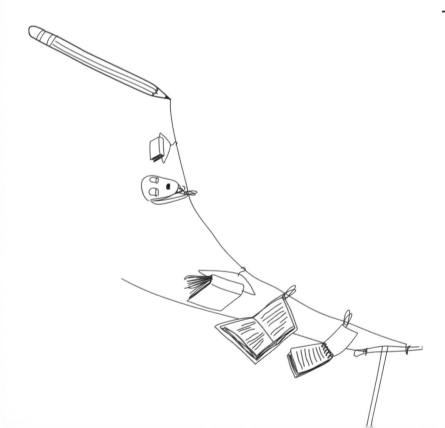

동아리 부산 여행, 계획 一

우리에게 여행은 어떤 의미일까? 사실 학교를 떠나 어디론가 햇빛이 비치는 곳으로 나간다는 것 자체가 우리에게는 큰 의미라는 생각이 들었다. 누가 정해주는 일을 하는 것이 아니라 나 스스로 가고 싶은 장소를 정하고, 가는 방법을 공부하고, 여행하는 우리를 상상하는 것만으로도 우리는 크게 기뻤다.

처음에 동아리 친구들에게 어디를 갈래? 물어봤을 때, 부산과 진주, 경주 등 마산 근처 여행지가 대두됐었다. 그 중에서 아이들의 표를 가장 많이 받은 곳은 아무래도 아름다운 바닷가와 맛있는 먹거리가 있는 부산이었다. 그렇게 장소를 정하고 세세한 계획을 짜기 시작했다. 다수

보다는 소수가 편한 아이들을 위해, 한 명 한 명의 의견을 듣기 위해, 19명을 4개의 팀으로 나눠서 구성했다.

금요일 동아리 시간에 모두 모여 다음날 가는 부산여행의 계획을 짰다. 혼자 가는 여행이 아니기 때문에, 서로의 의견이 다르기 때문에 회의가 필요했다. 2학년 중 4명이 A, B, C, D팀의 조장이 되었고, 나머지 2학년과 1학년은 팀의 조원이 되었다. 팀명을 짜고 컨셉을 정했다. A팀은 신비주의였는데, 서태지와 아이들을 따라하며 정한 컨셉이라 했다.

컨셉과 함께 팀이름도 '손아경과 아이들'로 짜며 굉장히 즐거워했다. B팀은 평소 우리에게서 볼 수 있는 모습인 '개미와 베짱이'로 팀명을 정하고 컨셉은 베짱이가 개미가 되기 위해 필요한 성실함으로 정했다. C팀은 가벼운 마음으로 여행한다는 뜻에서 무소유의 상징인 스님으로 컨셉을 잡았다. 우리 팀인 D팀은 긍정이었다. 여행이란 건 모든 것이 계획대로 완벽할 수도 있겠지만 아직 여행이 서툰 우리에게는 많은 시행착오가 있을 것이라 예상했다. 그렇기에 여행 중에 일어나는 여러 가지 어려움들에 연연하지 않고 긍정적으로 헤쳐 나가자는 의미에서 '긍정'으로 잡았다. 특히 여행에 있어서는 긍정적인 마음이 더욱 중요할 것 같았다.

여행 일정도 다 같이 짰는데, 많은 아이들이 책쓰기 동아리답게 보수동 책방골목을 가고 싶어 했다. 보수동 책방골목은 국내에 얼마 남아 있지 않은 헌 책방 골목으로서 부산의 명물거리로 꼽힌다. 한국전쟁으로 인해 부산이 임시수도가 되었을 때 이북에서 피난 온 한 부부가 보수동 사거리 입구 골목에서 각종 헌책으로 노점을 시작했는데 그것이 보수동 책방골목의 시초가 되었다고 한다.

당시 많은 피난민들은 국제시장에서 장사를 하며 어려운 삶을 이어가고 있었고, 부산 소재 학교는 물론 피난 온 학교까지 구덕산 자락의 보수동 뒷산에서 노천교실·천막교실 등을 열어 수업을 하였다. 이러한 학구열에 보수동 골목길은 수많은 학생들의 통학로로 붐비게 되었다고 한다. 다른 피난민들이 가세하여 노점과 가건물에 책방을 하나둘 열어 책방골목이 형성되었고, 가정형편이 어려운 수많은 학생과 지식인들이 자신의 책을 내다 팔고, 헌 책을 구입하며 성황을 이루었다고 한다.

지나간 물건들을 괄시하지 않고 소중히 여기며 옛날 책을 만나보고 싶어 하는 것이 예뻐 보였다.

그리고 함께 들른 곳으로 정한 곳이 남포동이었는데, 먹을거리가 많다고 해서 식사 장소로 고른 곳이었다. 사실 부산이 느껴지는 식사를 하자고 다짐하며 정했지만 현실은 그렇지 못했다. 남포동 다음으로는 감천문화마을이었다. 감천문화마을은 낙후된 마을에 벽화가 그려짐으로써 많은 사람들의 힐링공간이 된 곳이었다. 사진이라는 소중한 추억을 남기기에 한없이 좋은 여행지라고 생각했다.

미술관은 잘 가지 않는 사람들도 벽화마을은 좋아라 하면서 가는 것 같다. 사람들은 벽에 걸린 그림보다는 벽에 그려진 그림을 더 좋아한다. 만질 수 없는 그림보다는 만질 수 있는 그림을 더 좋아한다. 미술관이라는 딱딱한 이미지 속에 갇힌 그림보다는 바람이 불고 하늘이 보이는 곳에서의 그림을 좋아한다. 나도 그렇다.

그 다음으로 정한 곳은 부산의 꽃인 바닷가, 광안리였다. 여행은 목적이 있을 수도 있지만 목적 없는 여행이 가장 좋지 않을까.

그야말로 가고 싶어서 가는 곳. 긴긴 회의 끝에 책방골목, 남포동, 감천문화마을, 광안리 이렇게 크게 4군데로 코스를 정했다. 누군가가 정해주는 곳을 가는 것이 아니라 우리가 직접 정해서 가는 여행이라서 더 설레던 것 같다. 학창시절에, 누구나 돌아가고 싶어 하는 고등학교 1, 2학년 시절에 벽과 지붕으로 둘러싸인 건물에 앉아서 결코 즐겁지 않은 공부를 하며 3년을 보내는 것이 참 씁쓸한 것 같다. 그 사이에 있는 소소한 행복들이 나머지 시련을 견뎌낼 수 있게 해주는 버팀목이 아닐까. 나중에 뒤돌아봤을 때 이 여행이 우리 한 명 한 명에게 잊고 싶지 않은, 잊혀지지 않는 소중한 기억이 되었으면 좋겠다.

동아리 부산 여행, 출발

8시 30분까지 마산시외버스터미널, 한 명도 지각하지 않았다. 이른 아침, 늦게 일어나 못 오면 어쩌냐며 걱정하던 아이들은 어디로 갔는지 모두 웃는 얼굴로 제시간에 모였다. 학교에서 지각을 밥 먹듯이 하는 아이도 부산행은 서둘러 나왔다. 자신이 가고 싶어서 가는 곳과 가야만 해서 가는 곳의 차이라는 생각이 드는 순간이었다. 학교가 부산행 버스 같은 곳이 되었으면 좋겠다.

여행을 가기 위해 타는 버스가 나는 좋다. 행복함은 버스 내려서가 더 클지 몰라도 설렘은 버스에서가 가장 크다. 지나가는 창밖 구경하면서, 여행을 상상하면서. 노래를 들으며 잊었던 것들을 떠올리기도 하고, 보고 싶은 사람을 세어보기도 하고, 나는 잘 하고 있는 거냐고 허공에 묻기도 하는 버스가 좋다. 특히 여행가는 버스가 좋다.

1시간 정도 갔을까, 버스는 동래역에 도착했다. 그리고 토성역으로 가는 지하철을 탔는데, 아이들 중 처음 지하철을 타보는 아이들도 많았다. 그 아이들에게는 첫 지하철 경험이 더 오래 기억에 남겠지. 덜컹거리는 지하철을 달리고 달려서 토성 역에 내렸다. 책방골목을 가는데, 중간에 깡통시장이 있었다. 마침 어중간한 시간 탓에 배가 고파 다 같이 간식을 먹었다. 팀별로 원하는 간식을 먹고 인증 샷도 찍었다. 우리 조는 떡볶이, 도넛, 떡을 먹었는데 부산이라는 낯선 곳에 와서 그런지 똑같은 떡볶이, 똑같은 도넛, 똑같은 떡인데도 더 맛있게 느껴졌다. 이런 게 여행이지, 하고 웃었다. 다른 조는 아이스크림 튀김, 꽃 솜사탕, 컵빙수 등의 간식을 사먹었는데. 아침도 못 먹고 와 배가 많이 고팠던 시간이었기에 서로 먹기 바빴지만 다른 친구가 못 먹을까 먹여주었던 게 기억에 남는다.

시장에서 아이들과 나눠먹는 이런 음식들이 일류 레스토랑의 음식보다 훨씬 더 맛있고 기억에 남지 않을까?

부산 깡통시장만의 먹거리

"일단 먹을 것이 많았고 부산 특유의 향토적인 시장거리와 색깔이 잘 나타나서 좋았다. 게다가 사람들 인심도 좋고 친절했다. 분명 가본 적 없는 곳이지만 꼭 우리 집 앞 시장에 들어서 있는 기분이었다."

보수동 책방골목

간식을 다 먹은 후에는 보수동 책방골목을 향해 걸어갔다. 역사와 함께 보존되어 온 책방골목이 나는 개인적으로 여행 일정 중에 가장 궁금했다. 골목으로 들어가 보니 크고 작은 서점들이 많았다. '헌 책 사고팝니다.' 라는 문구가 얼마나 정겹게 느껴지던지. 영화에서만 보던 옛날 헌책방에 와 있다는 게 짜릿했다. 책은 그 시대상을 정확하게 반영하는 것 같다. 그래서 현재의 책도 중요하지만, 우리에게는 과거의 책도 중요한 것이다.

책방골목은 골목이 되게 좁았는데, 우리와 같은 여행객들이 많아서 통행이 꽤 불편했다. 그 좁은 골목 사이에서 고서점을 찾아 '가장 오래

된 책 찾기' 미션을 수행했는데, 처음에 우리는 서점주인 아저씨께 꾸중을 들었다. 앞뒤 말을 다 자르고 다짜고짜 들어가서 "여기서 제일 오래된 책이 뭐예요?" 하고 물어본 것이다. 아저씨는 하루에도 그런 질문을 몇 번이나 받는다고, 스트레스가 장난이 아니라고 말씀하셨다. 하나뿐인 고서점에 많은 여행객들이 찾아와서 매일 똑같은 질문을 한다고 생각하면 화나실 만하다. 우리는 급하게 사과를 드리고 다시 정중하게 여쭈었고 아저씨는 300년 전 책인 서경을 보여주셨다.

300년 전에 누군가가 만지고 스쳤던 그 종이를 지금의 내가 만진다는 게 기분이 묘했다. 죽음에 대해 실감할 기회가 없었는데, 300년 전에 죽은 사람이 만졌던 책을 만지는 순간 자세히 설명할 수 없는 묘한 느낌을 받았다. 나의 물건도 300년 400년 보존될 가치가 있는 물건이면 좋겠다. 시대에 상관없이 가치 있었으면 좋겠다.

우리는 책방 골목에서 이 미션을 하면서 우리가 옛날에 배웠던 교과서들을 찾게 되었다. 옛날 교과서들을 보면서 "이랬었지." 하며 조원들과 웃고 추억을 떠올렸다. 오랜만에 보니

300년 전 책 서경

감회도 새로웠고 예전에 벌써 버려 기억도 잘 못하고 있는 교과서와 같은 책들이 이렇게 책방골목과 같은 데에 남아 있다는 게 다행이었다. 사람들이 잊고 있던 추억들을 찾을 수 있게 해주는 책방 골목이 정말 좋은 곳이라고 생각하였고 오래오래 유지되었으면 좋겠다.

소희

"누구나 옛날 물건에 추억 하나쯤은 갖고 살아가는 것 같다. 초등학교 때 뭣 모르고 매일 책가방에 열심히 들고 다녔던 교과서를 고등학생이 된 지금 보니 감회가 새로웠다."

또 하나의 미션은 '보수동 사람들 인터뷰하기'였다. 우리는 인상이 좋아 보이시고 연륜이 있어 보이시는 서점주인을 찾아 골목을 돌아다녔다. 그러던 도중 오래된 서점주인분을 만날 수 있게 되었고, 몇 가지 궁금한 점을 여쭌다며 인터뷰를 진행했다.

먼저 책방을 몇 년째 운영하고 계신 지를 여쭀더니 53년이라 대답하셨다. 나는 53년이라는 세월동안 똑같은 일을 반복하는 게 절대 쉽지 않다는 것을 알고 있었기에 바로 다음 질문을 했다. 왜 53년이라는 시간동안 운영해 오셨는지를 물으니 적성과 맞고 이 일을 하는 것이 좋다고 말씀하셨다. 그 순간 평생을 자기가 하고 싶은 일을 하면서 살아오

신 서점 할아버지가 부러웠다. 서점이 큰 돈벌이가 되는 건 분명 아니기 때문에 부러웠다.

　그 다음으로는 53년이라는 세월만이 대답할 수 있는 질문을 드렸다. 옛날 사람들과 요즘 사람들은 어떻게 다른지 여쭈었더니 옛날 사람들은 서점에 와서 자기가 좋아하는 책을 찾아 읽고, 읽다가 끊기면 표시해두고 다시 와서 읽었다고 했다. 서점 할아버지는 책 읽는 젊은이들에

게 아무 말도 않고 책을 내주셨다고 했다. 돈이 부족한 젊은이들을 책 사지도 않을 거면 나가라, 하고 호통 치는 게 아니라 흐뭇한 미소로 대하셨다고 한다. 그에 비해 요즘 사람들은 자기가 진정으로 좋아하는 책을 찾으러 서점에 오지 않는다고 했다. 나는 그것을 듣고 이렇게 생각했다. '당연하지, 취업 잘 되는 학과로 가서 학점 따느라 토익공부 하느라 바쁘니까.' 대학교는 자기가 좋아하는 학문을 할 수 있는 곳인데 요즘 대학교는 학문탐구와 거리가 먼 것 같다. 대학교가 취업학원이 되어 버린 것 같아서 안타깝다.

인터뷰 내용 중에서(고서점, 경희서점)
– 보수동 사람들의 행복을 찾아서

Q. 여기에 오랫동안 계시면서 가장 보람 있던 때가 언제인가요?

A. 영업적으로 볼 때에는 구하기 힘든 책을 살 때가 가장 기뻤

고, 다른 측면으로는 우리 가게의 책을 샀던 학생들이 10년 후에 사회에 유명한 인사가 되었을 때 큰 보람을 느꼈지.

Q. 책방에서 근무하는 중 자신만의 소소한 일상의 행복은 무엇인가요?

A. 사실 나는 아이들을 책장사를 하며 학교도 보내고 키웠기 때문에 돈만 벌인다고 생각하기보다는 이 일이 적성에 맞았지. 한 번 책을 구매하게 되면 책 자체가 좋았고, 하루에 몇십 권을 사게 되니 책이 쌓여 책방이 되고, 자연스레 남보다 책을 많이 읽게 되었지. 나에게는 이 책방이 나를 이끌고 살아오는 길이었어.

Q. 아저씨의 삶 자체가 되었군요. 그렇다면 아저씨에게 가장 의미 있는 책은 어떤 책인가요?

A. 자기에게 꼭 필요하고 가치 있는 책이 의미 있는 책이야. 손님들 중에서 아하, 내가 찾던 책이 여기 있었구나! 하며 찾아가는 손님들이 나에게 얼마나 큰 기쁨인지 모른단다.

아경

"삶을 사는 모든 답이 책이 있다고 하시며 공부를 하려면 책을 많이 읽어야하니 학생들은 남들보다 솔선수범해서 책을 읽어야 한다는 책방 아저씨의 마지막 말씀이 아직도 와 닿는다."

준영

"태어나 처음으로 갔던 보수동 책방골목! 골목이 참 고요했다. 어르신들도 착하시고 책방 골목만의 분위기도 여운이 남고 가장 오래된 책도 보고 인터뷰도 하고! 뜻 깊은 활동을 해서 좋았다. 살면서 이런 활동을 다시 해볼 수 있을까."

주훈

"한 서점에서 인터뷰를 해본 결과 많은 것을 알게 되었고, 그 아저씨는 자신이 원하시는 일을 하고 계신 것 같아서 부러울 뿐이었다. 나도 내가 원하는 일을 하는 멋진 사람이 되고 싶다."

세림

"말로만 듣던 책방골목에 처음 가보았다. 좁은 골목 사이로 가게들이 있었다. 오래된 책들을 보며 옛날 사람들의 손길이 느껴졌다. 그중 가장 오래된 책을 보았는데 그 책이 지금까지 있다는 게 너무 신기하고 과거의 책을 현재의 내가 보고 만질 수 있어서 좋았다."

소정

"들어서자마자 왠지 책 냄새가 날 것처럼 생긴 골목과 마주했다. 헌 책방이 정말 많았다. 그리고 서점마다 각자의 개성이 담겨 있어 신기했고, 작은 벽화들과 시나 소설 속 명대사들이 깨알같이 자리 잡고 있는 게 인상 깊었다."

여행 속 점심밥, 남포동

미션을 다 끝내고 나서 우리는 남포동으로 향했다. 도착해서 사람이 우글거리는 남포동 속에서 팀별로 점심을 먹고 점심을 다 먹은 후에는 길거리 간식을 사먹었다.

 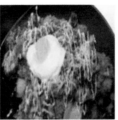

소정

"제일 복잡하고 먹을거리와 볼거리가 많았던 곳이다. 가게들이 좌우로 나란히, 빼곡히 들어서 있는 젊음의 거리에는 역시 10대, 20대들이 가장 많았고 할리우드처럼 영화배우들의 손바닥과 사인이 적혀 있는 바닥은 정말 신기했다."

책 냄새가 나는 곳, 서점

그렇게 간식까지 다 먹고 나서는 롯데백화점 안에 있는 영풍문고로 갔다. 원래는 감천문화마을과 광안리가 행선지였지만 이것저것 하다 보니 시간이 많이 부족한 탓에 갈 수 없게 되었다. 그래도 아이들은 크게 싫은 내색하지 않고 잘 따랐던 걸로 기억한다.

　나는 서점에 가는 것을 좋아한다. 책 냄새도 좋고 조용한 분위기도
좋다. 영풍문고에서는 팀별 미션이 있었는데 '자신이 좋아하는 분야의
책을 찾아보는 것'과 '모르는 사람과 친해져보는 기회'를 갖는 것이었
다. 교육, 심리학, 추리소설, 철학 등 아이들은 다양한 분야의 흥미가
각각 있었다. 겉보기에는 비슷한 고등학생 같지만 들여다보면 각자 관
심 있는 것도, 좋아하는 것도, 잘하는 것도 다르다.
　그리고는 낯선 사람과 친해지기 미션을 수행하기 위해 아이들은 아
기를 찾아다녔다. 아무래도 다 큰 어른보다는 아기가 더 친해지기 쉽다
고 생각한 까닭이다. 대부분의 아기들이 우리의 손을 뿌리치지 않고 사
진도 같이 찍어주고 웃어줬다.

　아경

　"지나가다 키즈존에서 아이를 한 명 만났다. 이름은 유진이, 9살이었
는데 아이의 해맑은 미소가 예뻐 다가가 말을 걸었다. 우리도 어렸을
때는 아무것도 모른 채 그냥 항상 해맑았는데…… 라는 생각이 물씬 들
었다."

미션! 행복을 주제로 팀끼리 토론할 수 있는 토론 책 찾기 :
'관계의 힘' - 레이먼드 조

"대한민국 직장인들이 직장생활에서 가장 힘들어하는 것은
'일'이 아니라 사람과의 '관계'라는 말이 있을 정도로, 우리 사회
에 소통 문제를 호소하는 사람들이 점점 늘고 있다. 상대방이 내
진심을 알아줄까, 나를 오해하지는 않을까, 혹시 배신을 당하지는
않을까 하는 두려움이 사람들로부터 나 자신을 고립시킨다."

돈과 명예를 얻는 것보다는 내 주변 사람들과 재미있게 서로 믿
으면서 지내는 것이 행복이라고 생각했기 때문에 이 책을 선택하
게 되었다.

팀별 미션을 다 끝낸 후에 나는 인문학과 철학 분야에 머물렀다. 30
분 넘게 그 쪽에만 있었던 것 같다. 정작 오래 머무른 인문학, 철학에는
딱히 살 만한 책이 없어서 사고 싶었던 시집 하나를 사서 돌아오는 버
스 안에서 읽었다. 영풍문고에서의 일정이 끝나고 광안리가 남았을 때,

한 명이 심하게 아파서 광안리를 갈지 말지 결정해야 하는 상황이 닥쳤다. 광안리 가는 팀과 안 가는 팀으로 나눠서 따로 움직이자는 의견과 다 같이 마산행 버스를 타고 집에 가자는 의견으로 나뉘었는데, 결국에는 다 같이 집으로 왔다.

바다가 가고 싶었음에도 불구하고 한 발 물러서서 아파하는 친구를 위해 괜찮다며 마산행 버스에 올라탄 아이들이 참 예뻐 보였다.

동아리 부산 여행, 도착

힘들고 지쳤지만 이번 여행으로 모두 느낀 게 많을 것이다. 누구 하나 빠질까 사고 칠까 걱정했던 짧은 부산 여행은 이렇게 끝이 났다. 다른 동아리보다 더 힘들고 자주 모이고 탈도 많지만 오늘 이 여행으로 모두가 조금 더 친해지고 가까워진 것 같다. 또 기회가 있다면 또 이 멤버로 여행을 떠나고 싶다.

다시 내일이면 공부에 매달려, 학교에, 학원에 똑같은 생활이 반복될 우리이지만 가끔 떠나는 이런 짧은 여행이 우리에게 삶의 활력이 되는 게 아닐까?

우리도 웃을 수 있고 떠날 수 있다!

나는 팀원들의 기행문을 읽으면서 생각했다. 친구가 쓴 글을 읽는 것도 그 친구와 대화하는 방법 중 하나구나. 그리고 또 생각했다. 다 같은 공간에 있었으면서도 보고 느끼는 게 각자 다르구나. 이렇게 우리는 서로 다른 생각들을 하는데 생각 하나하나가 소중한 건데 자기만의 생각을 하는 것. 이런 것이 공부지. 똑같은 답안을 제출해야 하고 그 똑같은 답안들을 똑같은 기준으로 평가하는 건 공부가 아니고 시험일 뿐이다. 시험공부 말고 공부를 하고 싶다.

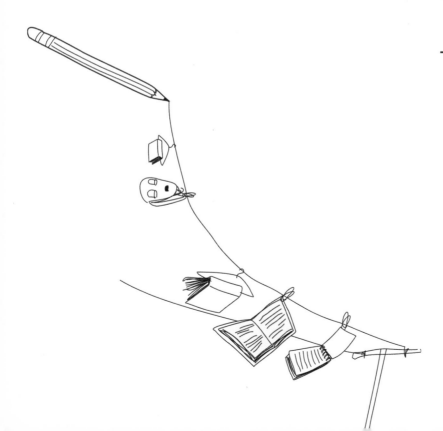

5장 · 사랑하다 ―

시골의사의 아름다운 동행 —

　조금 특별한 사람들의 이야기가 펼쳐지는 곳, 바로 병원을 배경으로 이 책은 만들어졌다. 환자들의 이야기는 곧 세상 사람들의 이야기이고, 우리들의 이야기이다. 저자인 박경철 의사는 의사로서 하는 일이 진료와 수술에만 그치는 것이 아니라 환자들 각각의 소중한 삶들을 기록하고 그것을 책으로 출판해 많은 사람에게 알리고 싶어 했다.

　사실 '의사' 하면 떠오르는 이미지가 좋지 못한 것이 사실이다. 돈을 좋아하고 비리가 많으며, 냉정하고 바쁘고 사람의 생명보다 돈을 우선시하는 그런 사람이 떠오른다. 이유를 잘은 모르겠으나, 매스컴에서 의사 관련 부정적 기사를 자주 접하는 것도 사실이고, 전교 1등 2등 하는 친구들이 어려서부터 강요당한 장래희망이 대부분 의사일 거라 생각이 들어서일까. 물론 진정으로 의사가 되기를 원해서 공부를 열심히 하고 의대를 가는 케이스도 있겠지만, 많지 않을 것 같다. 그래서인지 투철한 직업의식을 갖기보다는 정해진 틀에 맞춰 일하면서 직업의 본질을 잊고 사는 의사들이 많다는 생각이 든다.

그러한 우리 사회의 안타까운 현실과는 달리 박경철 의사는 진정한 의사였다. 환자를 사랑하고, 진심을 다해 그들을 대하는 사람이었다. 그래서 '시골의사의 아름다운 동행'이 수많은 독자들을 울리고, 많은 공감을 얻어낸 것이 아닐까 싶다. 저자의 진심이 전해진 까닭인지 책을 함께 읽고 토론하는 우리들에게도 이 책은 많은 공감과 감동을 주었다.

지은이는 "나는 내가 의사라는 직업을 가짐으로써 누군가가 삶의 어느 지점에서 겪어야 했던 아픔들을 잠시나마 함께할 기회가 있었고, 그때 내 눈에 비친 그네들의 희로애락을 한 번쯤 되돌아보고 싶었다."라고 말한다.

요컨대, 지은이의 직업이 의사이고, 대부분의 이야기가 병원이라는 풍경 속에서 벌어진 환자들의 이야기이긴 하지만, 박경철 의사의 인생에 대한 이야기를 풀어나갔다 라는 걸 알 수 있다. 한 시골 외과 의사가 아픔을 함께 가지고 나아갔던 진솔한 기록이며 우리를 그들의 인생으로 끌어들여 동참하고 공감하고 감동과 힐링을 느끼게 해 줄 수 있는 책이기도 하다.

막연한 동정이나 관심이 아니라 그들의 기쁨을 나의 기쁨으로 여기고, 그들의 아픔을 나의 아픔처럼 느낌으로써 진정으로 그들과 '동행' 할 수 있기를 지은이는 바라는 것이다.

소희

이 책의 저자 박경철은 다소 딱딱해 보일 수 있는 '의사'라는 직업을 환자의 삶으로 녹여내어, 나에게 일어나지 않을 수 없는 일들에 대해 자세히 전해주었다. 병원에서 일어난 수많은 에피소드는, 언제 닥칠지 모르는 나의 불행에 대한 긴장감을 고조시켜주었고 현재에 대한 소중함을 느끼게 해주었다. 보는 내내 울고 웃으면서도 지금의 나는 얼마나 최선을 다하며 살아가는가에 대한 질문을 끊임없이 던졌고 비록 답이 없는 질문이었지만 삶은 도대체 무엇인지 답답해 하기도 하면서 책의 마지막 장을 덮었다.

가장 인상 깊었던 부분에 대해 말하자면 '60대 노부부의 이야기'가 가장 와 닿았다. 나랑 큰 관련 없는 할머니 할아버지, 일제강점기, 진정한 사랑 등의 이야기였지만 할머니가 그렇게나 긴 세월 동안 할아버지를 그리워하고 기다렸던 이유는 무엇일까, 한참 생각하며 울었던 것 같다. 또 그 시간 동안 불확실한 미래에 대해 의심하지 않고 할아버지를 믿었다는 게 감동적이었다. 내가 평생을 살면서 저렇게나 사랑하는 사람을 만날 수 있을까 궁금하기도 했다.

사실 요즘의 의사 하면 돈 밝히고 비리 많은 이미지가 나는 먼저 떠오른다. 의사는 원한다고 되는 직업이 아닌, 전문 지식을 필요로 하는 직업이기 때문에 의대에 진학할 수 있는 학생은 공부 잘하는 학생으로 정해져 있는 셈이다. 이런 까닭으로 전교 1, 2등 친구의 부모님들은 의대를 자기 자식만이 가진 특권이라고 생각하여 자식의 희망 진로와 관계없이 의사를 강요하게 되는 경우가 많다. 자식의 능력은 무한한데 연봉을 기준으로 한 특정한 틀에 유한하게 끼워 맞추는 느낌이다. 그래서 주위 영향으로 인해 원하지 않았음에도 불구하고 그 길을 걷게 되는 사람이 많을 것 같다고 생각했다. 그러다 보면 '의사'의 본질을 잊은 채 돈에만 눈멀게 될 것 같다.

하지만 박경철 의사는 진짜 의사라고 할 수 있는 사람인 듯했다. 환자에게 더 나은 삶을 가르쳐주는 의사가 있어서 행복하다.

소정

이 책, 그러니까 〈시골의사의 아름다운 동행〉을 읽기 전에는 의사에 대한 약간의 선입견을 품고 있었다. 의사들은 다 편하고, 돈 잘 벌고 잘 산다는 그런 선입견 말이다. 하지만 이 책을 읽고 나서, 의사가 얼마나 힘들고 때때로는 좌절하며, 잠을 설치면서까지 아프고 생사의 기로를 넘나들며 고투하고 있는 환자들을 돌보고 가족처럼 위하는지 알게 되었다.

가장 기억에 남는 의사 일화는 변두리에 어떤 부부가 노모를 모시고 살았는데, 할머니의 치매 증상 때문에 결국 손자를 솥에다 끓여버린 것이었다. 병원이란 언제 어디서든 응급환자가 들이닥쳐 수술을 진행해야 하는 그런 중요한 곳이기에, 의사들은 항상 긴장해 있다. 심지어 밥도 못 먹을 정도로 바쁠 때도 있다고 한다. 밤을 꼬박 새워 수술하는 경우도 있고, 밥을 먹다가 졸도하는 경우도 있다고 한다. 내가 그린 의사의 이미지와 전혀 다른 실제의 모습에 잠시 나 자신을 돌아보게 되었다. 이 세상의 모든 환자를 위해 오늘도 내일도 열심히 노력하는 의사들에게, 나는 잠시 고마움을 느꼈고, 남을 도와주는 데에서 행복을 찾는 그 사람들의 삶의 태도를 본받아야겠다고 생각했다.

수지

가장 기억에 남는 부분을 꼽아보려 했지만, 책을 읽으면 읽을수록 긴장하고, 울고, 웃고를 반복했기에 모든 부분, 한 부분도 빠짐없이 기억에 남는다. 역시 병원이라는 곳은 긴장감을 놓을 수 없는 곳인 것 같다. 의사도, 환자도, 보호자도 모두 긴장감에 포장되어 있는 장면을 묘사한 부분을 눈으로 따라 읽으며 나도 같이 덩달아 감정이입을 하면서 울기도 했다. 가장 충격을 받았던 이야기를 꼽자면 치매에 걸린 할머니가 잠시 제정신이 아닐 때, 하나뿐인 사랑스러운 손자를 펄펄 뜨거운 물에 끓인 사건이 가장 충격이었다. 할머니는 시장에 갔다 온 며느리에게 곰국을 끓여놨다고 맛을 보라고 했다. 설마 했지만 역시나 큰 냄비 속에 들어 있어 있는 곰국의 재료는 손자였고, 며느리는 단번에 곰국의 재료가 무엇인지, 곰국 냄새가 어떤 냄새였는지 알게 되었고 막대한 충격을 받았다. 아이를 얼른 병원으로 이송했지만 이미 숨진 상태였다.

이 구절을 읽으면서 나는 슬픔보다는 무서움을 느꼈다. 할머니가 정신이 돌아왔을 때, 자신이 그렇게 애지중지하던 손자를 그렇게 만들었다는 사실을 알게 된 할머니의 고통은 어떠했을지, 아이의 부모님은 그 잔인하고 끔찍한 고통을 어떻게 받아들였을지를 상상해 봤지만 생각할수록 끔찍하기만 했다.

과연 이 의사라는 직업을 선택한 나는 험난한 과정을 잘 헤쳐 나갈 수 있을까, 내 마음속에서 우러나와 내가 정말 이 직업을 하고 싶은 걸까, 만약 내 환자가 내가 손쓸 수 없는 상태여서 죽어가던 과정을 보고 있는 내 심정은 어떨까, 내가 차마 살리지 못한 환자가 계속 생각나서 평생의 위험으로 남으면 어떻게 살아가야 할까……라는 많은 생각을 해보게 되었다.

많은 독자는 이 글을 읽으면서 울고 웃었다고 하는데 나는 이 책을 읽으면서 무서웠다. 사람들이 죽는 사인은 여러 가지지만 자신의 의지와는 다르게 고통 속에서 혼자 외롭게 죽을 수밖에 없는 모습들이 무서웠던 것 같다. 그리고 의사들이 일과에 치여 밥도 꼬박 못 챙겨 먹고 잠도 제대로 자지 못하지만 그래도 자신들이 할 수 있는 선에서 최선을 다해 노력하는 모습들이 대단하다고 느껴졌다. 그런 모습들에서 내 모습을 찾을 수 있도록 열심히 노력하는 내가 되어야겠다고 생각했다.

지민

처음에 책 제목을 보고 시골의 한 의사가 봉사활동을 하는 그런 책 내용인 줄 알았지만, 환자들을 직접 진료하면서 자세하게 묘사를 해주어서 책을 읽는 동안 내가 마치 의사 선생님과 진료실에 있는 기분이이었다. 내가 생각해 왔던 의사는 편하게 진료실에 앉아서 환자들 몸 상태를 봐주고 약 처방을 하고 그런 의사만 줄곧 생각을 많이 해왔지만, 의사는 정신적으로도 신체적으로도 힘든 직업이라는 생각이 들었다. 응급실에서나 회진 때나 언제든지 위급상황이 닥칠 때 신중한 결정을 내려야 하고 자신의 결정에 따라 한 사람의 목숨을 좌지우지하는 것, 보람도 가득하지만 정말로 죄책감도 많이 들 수 있는 직업인 것 같다.

이 책을 읽으며 건강한 것도 감사했고 의사 선생님들도 정말 감사했다. 이 책을 쓰신 박경철 의사 선생님께서 쓰신 말 중에 정말 인상이 남는 게, 평생 걸쳐 "나 때문에 죽은 환자가 한 명이라면, 나 때문에 산 환자가 백 명쯤 되어야 그래도 의사 짓 제대로 했다고 할 만하다." 정말 인상이 깊으면서도 마음이 뭉클해지는 문장이었다. 다시 한 번 생명의 소중함을 느끼고 의사라는 직업은 정말로 책임감이 크겠구나. 라는 생각이 들었다.

우리에게 죽음이란 ─

　우리는 삶과 죽음의 경계에 서 있다. 내일 당장 죽을지도 모르고 몇십 년을 더 살다가 죽을지도 모른다. 죽음은 언제 닥칠지 정확히 알지는 못하지만, 언젠간 찾아온다는 것은 변치 않는 명백한 사실이다. 일어날 것은 알지만, 그 시기는 알지 못할 때, 불안은 커지고 상상은 깊어진다.

　누구나 한 번쯤은 해보았을 상상, '내가 죽을 때의 모습'을 우리는 상상해 보았다. 상상한 내용은 각자 달랐지만 대체로 비슷한 대답이 나왔다. 우리가 원하는 죽음은 바로 '빈 몸의 죽음'이었다. 하지만 세상 사람들은 우리의 생각과 다른 듯했다. 많은 사람이 재물을 손에 쥔 채, 부와 명예를 품에 안은 채 그렇게 죽는다. 몇몇 사람만이 사회에 재산을 환원하거나 장기 기증의 방식으로 세상을 빈 몸으로 떠난다.

세상 사람들은 추구하는 죽음이 애초부터 우리와 달랐던 걸까? 아니면 그들도 어렸을 때는 우리와 같은 생각을 했지만, 어떤 이유에서인지 어떤 계기에서인지 마음가짐이 달라지고 처음 모습을 잃고 변해버린 걸까? 둘 중 차라리 전자였으면 좋겠다는 생각을 했다. 그 많은 사람이 모두 변해버려서 그렇게 된 거라면, 나도 언젠가는 변할 수 있다는 말이지 않은가. 그들이 처음에는 우리처럼 순수했다는 건 나도 나중에는 그들과 같아진다는 말이니까. 사실 무섭다.

상상하면 무엇인가가 슬프고 아련히 떠오르는 것, 바로 죽음이었다. 많은 사람은 죽음이 코앞에 다가와서야 소중한 것을 볼 수 있다고 한다. 하루하루가 너무 힘들다고 우울하다고 말하던 사람도 죽음이 다가오면 살기 위해 발버둥친다는 것이다. 그만큼 삶이란 건 그 무엇보다 소중하지만, 결코 잃게 되는 것임과 동시에, 평소에는 소중함을 느끼지 못하는 대상이다. 현실에 쫓기듯 살아가다 보면 진정으로 소중한 것들을 못 본 채 지나가는 것이다. 우리는 살아 있는 한 절대 경험할 수 없는 '죽음'에 대해 상상해 봄으로써 현재 나의 삶의 소중함을 새삼 느끼고 더 활기찬 하루하루를 보낼 것을 다짐했다.
그리고 슬프지만 피해갈 수 없는 것, 중요하지만 잊고 사는 것, 바로 죽음과 삶에 대해 생각해 보았다.

수지
나는 가끔 '죽는 순간은 어떨까?', '죽고 나면 어디로 가는 걸까?'와 같은 많은 생각을 한다. 나는 항상 '죽음'이란 것에 대해 두려움을 가졌다. 그 이유는 죽으면 더는 내가 사랑하는 가족을 못 본다는 명백한 슬픈 사실 때문이다. 나는 항상 내가 사랑하는 사람의 죽음을 생각하게 되면 눈에서 빗줄기가 마르지 않는다. 죽음은 이별의 가장 마지막 단계라고 생각했기 때문에 나는 '죽음'에 대해 종종 생각해 보았다. 그래서 난 '어떻게 죽어야 할지', '죽기 전에 어떻게 살아가야 할지'에 대해 생각했다.

죽기 전의 내 모습이 후회 없이 떠날 수 있는 홀가분하고 행복한 모습이었으면 좋겠다. 그리고 죽기 전엔 꼭 어려움에 부닥친 사람들에게 내 재능 중 무엇이든 조건 없이, 돈을 받지 않고 재능기부를 하는 사회에선 꼭 없어서 안 될 존재가 되도록 살아가야겠다고 깨달았다.

나는 정기적으로 요양원에 봉사활동을 가는데, 그곳에서 본 할아버지, 할머니들은 정말 외로움으로 둘러싸인 것 같았다. 먼저 살갑게 다가가려고 해도 쉽게 마음을 열지 않으신다. 그래서 봉사활동을 갈 때마다 생각한다. 마지막 순간에는 혼자가 아니었으면 좋겠다고, 꼭 웃으면서 죽을 수 있었으면 좋겠다고 생각한다. 항상.

소희

헤어지기 싫은 사랑하는 사람들은 내가 먼저 보내주고 싶다. 내가 마지막에 쓸쓸히 죽더라도 사랑하는 사람의 마지막은 내가 지켜주고 싶다. 그래야 눈 감을 때 죽기 싫어 발버둥치기보다는 미소를 띠며 눈 감을 수 있을 것 같다. 또 죽을 때 가지고 갈 수 없는 것들에 집착하며 죽는 것은 미련한 죽음인 것 같다. 내 재산이나 능력은 사회에 기부하고 빈 몸으로 편안하게 가고 싶다. 여생에 대한 후회가 없도록 내가 하고 싶은 일은 최대한으로 하면서 살아갈 것이다.

근아

병원침대에 누워서 가장 친했던 친구와 가족들을 한 자리에 모아서 평소엔 잘 하지 못했던 이야기들을 하고 싶다. 예를 들면 사랑한다고 말하던가. 미안했던 일을 사과하고 마음의 짐을 다 내려놓은 채 가장 행복하고 편안한 감정으로 죽을 것이다.

민경

내가 죽는다는 것을 알게 된다면, 처음에는 너무 무섭다가도, 나중에는 죽음의 공포는 없을 것 같다. 단지, 내가 계획하고 해내지 못한 것들에 대한 미련과 아쉬움, 또 내가 죽으면 슬퍼할 여러 사람을 생각하며 미안해 할 것 같다. 그래서 죽기 전 며칠이라도 내가 하고자 했던 것을 다 하려 할 것이고, 내가 죽으면 슬퍼할 사람들을 미리 다독여줄 것이다. 그리고 마지막으로 죽을 때가 되면 죽기 전까지 살아오면서 느낀 좋은 일, 나쁜 일 등이 생각날 것이고, 만약 그때까지 원망하고 있던 사람이 있다면 용서하고 떠날 것 같다.

민우

내가 원하는 죽음은 예정된 죽음이었으면 좋겠다. 그렇다면 죽을 때의 미련을 어느 정도 덜어낼 수 있을 것 같다. 갑작스러운 죽음은 나에게 너무 절망감과 허무함을 많이 심어줄 것 같다. 이왕 한 번뿐인 인생인데 죽기 전의 기간을 천천히 하고 싶었던 일을 하며 음미하는 것도 인생을 즐기는 일임은 틀림없다. 죽기 전에 기간을 준다면 혼자 여행을 떠나고 싶다. 혼자서 세계의 많은 것을 머릿속에 담고 마지막 이 세상을 떠날 때 천천히 생각하면서 내가 했던 일들을 다시 천천히 생각하고 싶다. 그런 죽음이 진짜 죽음이 아닐까?

소정

이 글을 쓰기 전 나는 많은 고민을 했다. 과연 내가 죽을 때 누가 내 곁에 있고 누가 날 위해 울어줄 것인가? 눈을 감을 때 가장 먼저 떠오른 생각은 또 무엇일까? 나는 내가 스스로 부끄럼이 없는 삶을 살고 싶다. 이미 많은 부끄러운 짓들을 저질렀지만, 마지막 눈을 감았을 때, "이 정도면 수고한 삶이었다." 하고 나 자신에게 말할 수 있는 삶을 살고 싶다. 나는 호화롭고 사치스럽게 죽는 것을 택하기보다는, 내가 정말로 사랑하는 사람과 한적한 곳에서 눈을 감았을 때 남겨진 것들에 대해서 미련이 없는 그런 삶을 살고 싶다. 내가 죽을 때, 내가 사랑하는 사람과 나를 사랑해 준 사람들과 또 그런 것들에 둘러싸여 평화롭게 미련 없이 이 세상을 떠나고 싶다.

6장 · 다시 웃다 —

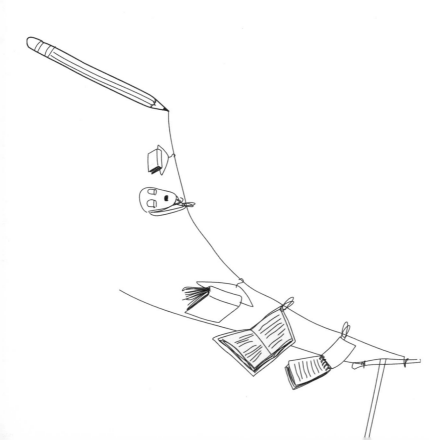

변화
ㅡ

사람이라면 누구나 고치고 싶은 나의 단점 하나씩은 가지고 있다. 우리는 그 단점 때문에 웃을 수 없을 때가 있기도 하고, 온갖 스트레스를 받기도 한다. 우리는 우리가 안고 살아왔던 단점을 한 가지씩 선택해서 극복해나가는 프로젝트를 기획했다. 나의 단점을 알기 위해서는 나의 과거를 되돌아보는 작업이 필요했고 아이들은 나 자신의 단점에 대해 진지하게 고민했다. 어떤 아이들은 친구에게 자신의 단점을 말해 달라 부탁하기도 했다.

또 각자가 평소에 꼭 이루고 싶었던 일을 이번 기회로 친구들의 힘을 얻어 이뤄보자는 프로젝트도 있었는데, 다이어트 성공하기, 부모님께 효도하기, 수업시간에 졸지 않기, 자아 성찰해 보기 등이 있었다.

그렇게 다 같이 모여 한 가지씩 찾은 자신의 단점을 발표하고 그것을 고치는데 필요한 일들을 함께 고민했다. 너무 잡생각이 많은 게 고민인 아이도 있었고, 주변 사람들에게 무관심한 자신의 성격을 고치고 싶은 아이도 있었다. 그중 잡생각이 많은 게 고민인 아이는 자신이 평소에 넋을 놓고 멍을 때리는데, 그 내용이 쓸데없는 내용이며, 일을 하는 데 방해만 된다고 우리에게 털어놓았다. 하지만 우리의 반응은 조금 달랐다. 그 아이는 평소 남을 잘 배려하고 친절하며 자기의 일에 최선을 다하는 친구였다.

"너의 착한 성격은 그런 수많은 생각으로부터 오는 거야." 하며 아이들은 변화할 필요가 없다고 입을 모아 말했다. 평소에 생각을 많이 하지 않는 사람은 그만큼 다른 사람의 처지를 생각해 주는 것이 어려울 테니까 그 아이가 배려심이 깊은 이유도 평소에 생각을 많이 하는 습관 때문이라고 우리는 생각한 것이다. 하지만 그런데도 불구하고 그 아이는 생각이 많은 게 나에게 스트레스라며 변화하려고 시도했다.

이렇게 우리는 변하고 싶어 한다. 그것은 지금의 나 자신에게 만족하지 못하는 것이 아니라 나를 더 나은 사람으로 만들고 싶은 일종의 욕구였다. 자신의 단점이 무엇인지 대부분의 아이가 알고 있었고 또 그것을 고치려 우리는 모두 부단히 노력했다. 우리는 그 변화 과정을 기록하고 공유하며 서로의 변화를 느꼈다.

무관심해서 미안해 — 소희

　나는 평소에 생각해왔던 나의 문제점과 단점에 대해 생각해 보았는데, 나의 최대 장점이기도 한 '긍정'으로 인해 만들어진 안 좋은 습관이 하나 있었다. 무엇이든 괜찮다고 생각해 버리고 어떤 어려움이든 신경 안 쓰면 그만인 나의 '긍정' 또는 '낙천' 때문에 나는 편안했지만, 나의 주위 사람들은 불편했을지도 모른다는 생각이 뇌리를 스쳤다. 나는 주위 사람들을 신경 쓰고 챙긴다고 챙겼지만, 정작 내 주위 사람들은 나를 무심하다고 생각하고 자기에게 관심이 없다고 생각하고 있었다. 나는 그 사람이 분명 소중한데 그 사람이 나에게 무심함을 느낀다 하면 무언가 잘못된 게 확실하다는 생각이 들었다. 그래서 내가 주위

사람들에게 여전히 신경을 쓰고 사랑을 주고 있음을 확실히 느낄 수 있
도록 소중한 사람들에게 편지쓰기를 계획했다.

하루에 한 통씩 매일 다른 사람에게 편지를 쓰는 것은 결코 쉬운 일
만은 아니었다. 하루하루 바쁘게 살아가다 보면 프로젝트를 까먹을 때
도 있었고, 편지를 쓸 사람과 안 쓸 사람을 가려내는 것 또한 쉽지만은
않았다. 또한 주위에 힘들어하고 나의 편지를 필요로 하는 사람 순서로
써야 할 것인가 아니면 나에게 소중한 사람 순서대로 써야 할 것인가도
고민거리가 되었다. 많은 고민 끝에, 프로젝트 시작 무렵 내 주위 사람
중 가장 힘들었던 나의 가장 친한 친구에게 쓰게 되었다. 나의 위로가
누구보다 필요한 친구라 생각되었기 때문이다.

그리고 두 번째, 세 번째 편지의 주인공은 요즘 들어 가장 고마운 친
구와 소중한 친구였고, 네 번째와 다섯 번째, 여섯 번째는 사랑하는 가
족에게 보내는 편지였는데 그중 아버지께 보낸 편지를 싣고 싶다.

> 아빠에게.
>
> 아빠 안녕! 나는 아빠의 세상 둘뿐인 딸 중에서 조금 더 예쁘고 착하고 공부 잘하는 두 번째 딸내미예요~ 아빠가 항상 말하듯이 아빠의 희망이기도 해. 친구들한테는 가끔 편지 쓰기도 하는데, 정작 사랑하는 가족들한테는 잘 안 쓰는 것 같아서 반성하는 겸 한 장 써 봐요. 음 먼저 자나 깨나 사랑하는 딸 걱정인 우리 아빠! 나는 학교에서도 친구들 사이에서도 어디를 가도 씩씩하게 잘하고 있어요. 건강하게 자라준 것만으로도 고마워 죽겠는데 착하고 공부도 잘하는데다가 얼굴까지 예뻐서 아빠는 참 좋겠다. 아빠의 총명한 유전자를 물려받아서 100만 원짜리 과외나 학원 없이도 당당히 잘해내고 있어. 가끔은 글을 써서 상장을 받기도 해! 사실 내가

이렇게 잘 자란 건 99% 아빠의 영향이 큰 거 알지요? 아빠랑 이야기 나누는 시간이 제일 좋고 제일 값져. 여전히 좋은 얘기 들려주는 아빠가 나는 존경스럽고 고마울 뿐이야.

중학교 1학년 때까지만 해도 매년 학교에서 부모님 호출할 정도로 나는 말 안 들었었지. 나는 내가 변했다는 걸 알기 때문에 신기하고 또 그게 아빠 덕분인 걸 아니까 많이 고마워. 아빠는 대화 몇 번 한 게 뭐가 그리 크냐고 생각할지도 모르지만, 나한테는 인생을 바꿔놓을 만큼 컸어. 그래서 아직도 가장 존경하는 사람은 아빠예요! 내가 너무 남자애처럼 덤벙거리고 온갖 실수를 하기도 하지만 이제 좀 더 신경 쓰면서 여성스러운 둘째딸이 되어 볼게. 어렸을 때 입버릇처럼 했던 한 마디 '효도할게요.'를 실현할 때가 다가오고 있어! 물론 지금도 하고 있지만, 금전적인 효도가 또 중요하잖아.

"잘 자라게 해줘서 고맙습니다. 세상에서 제일 사랑해요."

일곱, 여덟, 아홉, 열 번째는 다른 학교에 있는 평생 친구들에게 보내는 편지였고, 열한 번째는 선생님께, 그리고 마지막은 남자친구에게 편지를 보냈다.

이렇게 평소 고맙다고 생각했던 사람들에게 하나둘 편지를 써보니, 표현 못 했던 나의 고마움을 표현할 수 있어서 좋았다. 잠시나마 솔직해진 기분이었고, 고마운 사람들이 많다는 사실 자체가 나를 행복하게 했다. 또 편지 보낼 사람을 정하는 과정에서 나에게 소중한 사람들을 한 번씩 생각하게 된 계기가 되었다. 그 사람들에게 얻은 행복을 잊지 않고 보답해 주고 싶다. 이 사람 중 한 명이라도 없었다면 내 인생은 크게 바뀌었을 게 분명하다.

지금이라도 내 주변 사람들이 힘들지 않게 내가 그들에게 위로가 될 수 있게 노력할 것이다.

행복해지기 위하여, 소소한 행복

아경

　1학기 말, 특히 감정 변화가 심하고 화도 쉽게 내던 내 모습을 발견하였다. 알면서도 잘 고쳐지지는 않았고 점점 더 기분 변화가 심해지고 심지어 나 자신을 깎아내리고 있었다. 이때 이 명언을 보았다. 'If I lost confidence in myself, I have the universe against me. 나에 대한 자신감을 잃으면, 온 세상이 나의 적이 된다.' 이 명언을 보고 내가 내 자신을 깎아내리는데 누가 나의 편이 되어줄 수 있을까 라는 생각이 들었다. 그냥 내 일상 자체가 싫고 학교 가기도 싫고 모든 게 다 싫었던 나는 내 일상에서 소소한 행복들을 적어보았다. 9월 1일부터 약 한 달간 나의 간단한 행복일지는 시작되었다.

9월 1일

오늘은 소진이 언니가 구운 달걀을, 수은이 언니가 쿠크다스를 주셨다. 민정이가 토마토 젤리도 주고 효경이랑 급식도 같이 먹었다. 하지만 소정이랑 연지에게 별거 아닌 일로 또 화를 내었다. 내일은 아이들에게 웃으면서 말해야겠다. 오늘 잠을 너무 많이 잤다. 특히 법과 정치 시간에는 매일 매일 자는 것 같다. 다음 시간에는 꼭 자지 않아야겠다. 오늘은 참 행복한 날이다.

9월 3일

어제 모의고사를 못 쳐서 기분이 안 좋았는데 1학년 후배인 지민이가 편지를 주었다. 받은 것만으로도 기분이 좋았지만, 내용을 보니 더 감동이었고 힘이 났다. 사실 동아리 애들을 1학년에 너무 많이 뽑아서 후회되고 힘들 때도 있지만 이렇게 소소한 말이 나한테는 많은 힘이 된다. 오늘은 행복한 날이다.

9월 4일

친구들에게 빅파이를 나누어 주었는데 아이들이 너무나도 좋아해 주어서 기분이 좋았다. 또 행사 준비를 하였는데 아이들이 말을 잘 들어주고 잘 따라 주어서 고마웠다. 오늘 수학 수업을 갔는데 일찍 마쳤다. 원래 12시 넘어서 거의 마치는데 오늘은 11시도 안 돼서 수업을 마쳐서 좋았다. 오늘은 행복한 날이다.

9월 24일

시험 날 생일이라 조금 슬펐는데 많은 친구가 축하해 주어서 고마웠다. 영어 시험 치기 전에 부장 언니가 케이크를 가져다주어서 더욱 기분이 좋았다. 모르시는 줄 알았는데 기억해 주셔서 감사했다. 소진이 언니는 윤리와 사상 시험을 치기 전에 선물을 주셨다. 과자만 있는 줄 알았는데 안에 보니 양말도 있고 핸드크림도 있고 립밤도 있었다. 저녁에 동생이랑 같이 밥을 사 먹고 배스킨라빈스 아이스크림도 사 먹어서 기분이 좋았다. 오늘은 행복한 날이다.

1줄에서 4줄까지 하루하루 기분이 좋은 날도 슬픈 날도 짜증나는 날도 있었지만, 이 일기를 쓰는 그 순간만큼만은 기분이 좋았고 행복했다. 이걸 쓰며 짜증도 조금씩 줄인 것 같고 무엇보다 나 자신을 깎는 행동은 하지 않았다. 아, 오늘은 이래서 행복했고 이런 사람들도 있구나. 이 사람들이 나를 위해 이렇게까지 해주는구나! 이런 소소한 것에 행복을 느꼈다. 생각보다 나를 행복하게 해주는 사람들이 매우 많았다. 매일 맛있는 밥을 해주시는 엄마도, 나를 늦은 밤까지 기다려주시는 아빠도, 투덜거리지만 가장 듬직한 동생 재민이도, 자주 못 보지만 나의 쉼터인 서윤이도, 나를 미소짓게 하는 명은이 등 많은 사람들에게 다시 한 번 감사했다.

이 일기를 쓴 지 3주가 지난 후 어떤 친구가 이런 말을 해주었다. 그거 정말 효과 있는 것 같다고, 지금 모습 아주 좋다고. 그래서 나는 전에 했던 행동을 되돌아보게 되었다. 그랬는데 정말로 그때에 비해 지금이 훨씬 더 웃음이 많아지고 행복한 것 같다. 나에 대해 믿음과 자신감이 생기니 나의 적이 보이기보다 나의 편이 보이는 것 같다. 슬프고 아프게 하는 것들도 많지만, 그에 비해 나를 좋게 하고 웃게 해주는 것들이 더욱더 많다는 것을 깨닫게 되었다.

지치고 힘들 때 —

효경

9월 3일

아경이랑 점심을 같이 먹으면서 혼자 '소진이 언니는 어디 중학교 나왔지? 수은이 언니는? 나영이 언니는?' 이런 생각들을 했다. 고등학교 입학 전까지만 해도 내가 생각이 많다는 것을 몰랐다. 그런데 주변 친구들이 무슨 생각을 그렇게 깊게 하느냐, 많이 하느냐는 등 이런 말을 많이 했다. 혼자서 이런저런 생각을 많이 하다 보니 친구들이 말을 할 때 잘 못 들어줄 때가 종종 있었다. 이런 나의 태도에 불만을 느끼는 친구들을 보면서 심각함을 느끼고 고쳐야겠다고 생각했다. 친구들의 말을 듣고 나에 대해 곰곰이 생각해 보니 나는 중학교 때부터 생각이 많았다. 지금도 여전히 혼자 깊게 생각하고 진짜 쉴 틈 없이 생각하는 것 같다. 요즘에는 잡생각을 많이 하는 내가 싫어 1인 1프로젝트로 '잡생각 없애기' 프로젝트를 하기로 했다.

이 프로젝트를 내가 잘 해낼 수 있을까 하는 걱정이 들기는 했지만 그래도 나에게 많은 도움이 될 것 같다. 열심히 해야겠다.

처음에는 쉴 틈 없이 생각하는 내가 싫어서 1인 1프로젝트로 '잡생각 없애기'를 했다. 그런데 시간이 지날수록 힘들 때 나의 솔직한 마음을 쓰는 것으로 조금씩 변한 것 같다. 처음으로 나의 마음을 어딘가에 솔직하게 털어놓아 본 것 같다. 1인 1프로젝트가 나에게는 정말 큰 위로가 되었다.

9월 12일~ 18일

이 기간에는 시험공부만 생각했던 것 같다. 어떤 과목을 먼저 공부할지 등……. 사실 이 기간에 한두 번 정도 울었다. 나 스스로는 시험 스트레스를 안 받고 있다고 생각했는데 실제로는 받고 있었나 보다. 이전과 같은 시험인데 이번에는 너무 힘들고 부담을 가지고 있는 것 같다. 그리고 몸도 이상했다. 아무 일도 없었는데 갑자기 몸이 긴장되고 떨렸다. 이번에는 이 느낌을 없애기 위해서 혼자 팔굽혀펴기도 해보고 뛰기도 했지만, 전혀 없어지지 않았다. 힘들어서 사서 선생님께 이야기도 해보았다. 진지하게 들어주시고 진심으로 걱정해 주시는 모습을 보고 감동하였다.

9월 22일

시험 하루 전날, 오늘은 샘터에서 안 하고 교실에서 했다. 혼자서 샘터에서 못할 것 같았다. 그래서 담임선생님께 교실에서 한다고 말하러 교무실에 갔는데 말하려고 하는 순간 눈물이 나왔다. 이러면 안 되는 거 아는데도 눈물이 계속 나왔다. 솔직히 이번 시험 너무 버겁다. 내가 울 때 옆에서 다독여준 친구들 모두에게 감동하였다. 특히 민영이.

9월 24일

시험이 하루 남았다. 하루만 참으면 된다는 생각을 계속하면서 애써 혼자 위로하고 있는데 그게 위로가 안 되었나 보다. 또 갑자기 울었다. 눈물이 계속 나왔다. 샘터에서 공부하다가 나와서 집으로 가면서 혼자 계속 울었다. 지금은 이렇게 글로 적을 수 있지만, 그때는 진짜 힘들었다. 머리도 더는 돌아가지 않고 공부도 안되고 진짜 몸도 마음도 지쳤었다. 많이 운 날이었다. 집으로 가면서 약국에 들러 청심환을 사 먹고 집에 가서 자려고 했다. 누웠는데 공부해야 할 것만 계속 생각나고 정신도 뚜렷하고 잠도 전혀 오지 않았다. 지금 좀 자야 나중에 제대로 공부할 수 있을 것 같아서 억지로 자려고 노력했지만, 전혀 잠이 오지 않았다. 진짜 너무 싫고 잠도 못 자는 내가 짜증나서 또 울었다.

9월 26일

아직 시험 스트레스가 남아 있는 것 같다. 어제 꿈에서 내가 법과 정치 교과서 공부해야 할 부분을 보고 있고 혼자 시험시간표에 따라 공부계획을 세우는 꿈을 꿨다. 그리고 내가 시험에 관련된 잠꼬대를 했다고 했다. 막 '이거 공부해야 하는데 이거 고치지 말았어야 했는데…….' 하면서 말이다. 미친 것 같다.

제발 잠 좀 푹 많이 잤으면 좋겠다.

9월 27일

시험이 끝나고 나서부터는 잡생각을 잘 안 하는 것 같다. 신기하다. 별생각이 없다. 좋은 것 같다. 뭔가 가벼워진 느낌이다. 아 근데 아직 시험에 대한 부담, 스트레스는 남아 있는 것 같다. 그리고 어른 중에서 '나한테 다시 고등학교 생활을 하라고 하면 다시는 못할 것 같다.'고 말씀하시는 분들의 마음을 알 것 같았다. 다시는 하고 싶지 않다 정말 이번에 처음으로 빨리 졸업하고 싶다는 생각을 했다.

프로젝트 초반에는 친구들과 있을 때, 이야기할 때 계속 생각하고 있으면 스스로 '아, 이러지 말기' 이러면서 안 하려고 노력했다. 물론 처음에는 잡생각 없애기가 쉽지 않았다. 생각이 없던 순간도 많이 없었고 없애려고 하면 그 순간뿐이고 곧바로 다른 생각이 들었다. 조금 좌절하고 힘들었지만 계속하다 보면 괜찮아지겠지 하며 노력했다. 그리고 나 말고도 우리 동아리 부원들과 함께 1인 1프로젝트를 해서 포기하지 않고 열심히 할 수 있었던 것 같다.

시간이 지날수록 스스로 생각을 멈추고 지금 내가 하는 것에 집중하면서 뿌듯했다. 또 점점 좋아지고 있다는 생각을 했다.

그런데 시험 기간에 가까워질수록 스트레스를 많이 받고 힘들어졌다. 자연스럽게 시험밖에 생각하지 않았다. (어떤 과목 공부하지, 내일은 뭐 해야 하지, 틈틈이 시간 날 때 언제 공부할 수 있지 등등) 시험 스트레스가 많다 보니 그날의 내 마음 상태를 적는 날이 많아졌다. 시험 기간에는 누구나 다 예민할 때라서 누구에게 말하지도 못하고 혼자서 끙끙대던 마음을 글로 적을 수 있어서 정말 좋았다. 솔직히 1인 1프로젝트가 아니었다면 나는 내 마음을 어디에 글로 적지 않았을 거다. 이전까지 내 마음을 글로 쓴다는 것이 부끄럽다고 생각했다. 근데 지금은 사람들이 일기 같은 것을 쓰는 이유를 알 것 같다. 내 감정, 마음을 쓰다 보면 나도 모르게 마음이 진정이 되고 안정을 찾을 수 있었다.

시험 기간에 쓴 것을 지금 다시 읽어보니 내가 정말 버거워했다는 것을 알 수 있었다. 몸 상태도 불안상태였고, 몸도 마음도 완전히 지쳐 있었다. 그리고 내가 시험 기간에는 내 마음, 몸을 잘 돌보지 않는다는 것을 알게 되었다. 몸과 마음이 힘들다는 것을 알면서도 무시하고 계속 무리하고……. 결국, 시험 전날에 한계점에 도달해 지치고 많이 울었던 것 같다.

나의 1인 1프로젝트가 처음의 의도와는 다르게 조금 변했지만 변하기 전과 후 모두 나에게 많은 도움이 되었다. 뭔 생각을 하는지 나도 몰랐을 때, 시험 기간에 스트레스를 받을 때. 많이 힘들었을 때 1인 1프로젝트를 하면서 나의 마음을 솔직하게 표현하는 방법을 배운 것 같다. 1인 1프로젝트가 끝나도 나는 혼자서 계속 프로젝트를 하고 있을 것 같다. 나에게 도움이 되는 방향으로.

수면과의 전쟁 — 근아

원래 중학생 때부터 잠이 많았던지라 중학생 때도 항상 자서 선생님께 많이 경고를 받았었다. 항상 수업시간에 자지 않아도 엎드려 있어서 선생님께서 나에게 엎드리지 말라고 항상 주의를 시키셨고 그래서 잘 엎드리지는 않았지만, 그것도 얼마 가지 않았다. 엎드리고 있으면 잠이 오고 잠이 오면 그 과목 시험을 망하고, 허리도 안 좋아지는 건 사실이다. 그럼에도 불구하고 고등학교 때는 잠이 오면 엎드리게 되고 그 상태로 잠드는 일이 많아졌다. 그래서 내가 꼭 싫어하는 과목이 아니더라도 엎드려 버리니까 자게 되고 그래서 수업시간에 잠이 드는 내가 짜증날 때가 많았다.

또, 고등학교는 중학교보다 더 빨리 등교하고 더 늦게 집에 들어오다 보니 항상 자는 시간이 1시가 넘게 되어서 더욱더 많이 자게 되었다. 중학교 때는 '어떻게 예체능 시간에 잘 수가 있지?' 이러면서 살았는데 고등학교가 되니까 저 말이 실현될 수 있다는 것을 깨달을 정도로 많이 피곤했다. 그러다 보니 내가 싫어하는 선생님이나 과목 시간에는 항상 엎드려서 자게 되고 반 애들한테까지 '많이 자는 애'라는 낙인이 찍힌 것 같았다. 그래서 그 버릇을 고치기 위해 9월 2일부터 잠들지 않으려는 나의 노력이 시작됐다.

수업시간 수면 체크 일지
(잠 잔 수업시간 체크)

9월 3일 : 수학, 기술

9월 4일 : 영어

9월 7일 : 지구과학

9월 8일 : 가정, 생물

9월 9일 : 없음!

9월 10일 : 기술

9월 11일 : 없음!

9월 14일 : 영어, 지구과학

9월 15일 : 가정, 생물

9월 16일 : 화학

9월 17일 : 기술

자면서 꿈을 꾸는 경우가 많이 없을 정도로 푹 잔 시간이 많았지만, 가끔가다 꿈을 꾸는데 어떨 때는 기가 시간에 영어수업을 듣는 꿈을 꾼

적이 있는데 일어나서 엄청나게 어이가 없었던 것 같다. 꿈에서까지 수업을 들으니 뭐지 하는 생각과 미쳤다는 생각을 들게 하는 꿈이었다. 꿈에서까지 수업이라니! 이걸 쓰면서 9월 3일부터 22일까지의 잔 날을 보니 내가 대충 무슨 과목에 항상 자는지 알게 되고 그 과목을 담당하는 선생님께 많이 죄송해졌다. 잔 과목 중에서 중간에 잠든 과목도 있지만, 아예 처음부터 마음먹고 잔 과목도 있어서 그런 선생님께 많이 죄송했다.

그리고 대충 어떻게 하면 수업시간에 졸리는지도 알게 되었다. 수업시간에 피곤하다고 쉬는 시간에 자 버리면 잠이 드는 시간이 짧고, 원래 10분밖에 자지 못하면 더 피곤하다는 소리도 있기에 쉬는 시간에도 안자고 점심, 저녁 시간에 자는 습관이 생겼다. 또 안 자려고 노력하면서 보낸 날에 '없음'이라고 적게 되니까 뭔가 많이 보람차고 뿌듯하고 신기한 것 같다. '내가 안자는 날도 있다니' 이런 식으로 말이다. 그래서 저런 보람을 느끼기 위해서 나는 이제부터 수업시간에 자지 않을 것 같다. 조는 것은 진짜 피곤해서 조는 거라서 거기까지는 손을 못 대겠지만 그래도 수업시간에 대놓고 자는 것은 줄여서 언젠가는 5일 모두 자는 시간이 없도록 해봐야겠다. 선생님이 영상을 보여줄 때도, 다른 이야기를 하실 때도, 쉬라고 휴식시간을 주실 때도 말이다. 이 프로젝트를 하면서 수업을 들으려고 노력하고 수업을 들으니 성적이 올라갔다. 그래서 '수업이 이렇게 중요한데 난 왜 자고 있었을까' 하는 생각이 들었고 자던 때를 반성하게 되고 자는 습관을 고쳐야지 하는 의지가 생겼다. 또한, 아직은 반 애들한테 '많이 자는 애'지만 언젠가는 '많이 자던 애'가 되기 위해서 노력할 것이다.

마음을 담아

민경

1인 1프로젝트를 하기로 했을 때, 나는 주제를 정하지 못하고 다른 아이들이 해낼 때 아무것도 할 수 없었다. 내가 필요한 건 뭘까, 내가 무엇을 하면 한 걸음 더 성장할 수 있을까 수많은 고민 끝에, 주위 사람들에게 편지를 쓰기로 했다. 편지는 주위 사람들이 생일이 되었을 때 그냥 형식적으로만 많이 썼던 것 같아서 이번에는 생일이 아닌 그냥 편지를 쓰면서 많은 아이가 나에게 어떤 존재였는지 되새겨 보고 싶다는 생각이 들었다. 나는 나름 주위 사람을 많이 챙긴다는 소리를 듣는 편이지만, 그래도 평소에 무뚝뚝한 면이 있어서 고맙다는 말이나 미안하다는 말도 말로는 잘 못 하는 편인데, 이번 편지를 씀으로 인해서 고마운 사람들에겐 고맙다고, 미안한 사람들에겐 미안하다고 나의 진심을 표현하고 싶어서 편지를 쓰는 것을 선정하게 되었다. 이번 1인 1프로젝트를 통해서 주위 사람들에게 나의 감정을 더 표현할 수 있는 아이로 성장해 보고 싶다. 다른 아이들보다 조금 늦게 시작한 만큼 더 열심히 해서 나를 더 많이 발전시켜야겠다. 처음 편지를 누구한테 먼저 써야 할까 고민하다가, 지금도 그렇지만 한창 친구가 필요할 때 내 옆에서 항상 나를 웃게 해주고 나의 소심한 성격을 덜 소심하게 만들어준 친구에게 쓰기로 생각했다.

> To. 웅비에게
>
> 2학년이 돼서, 적응 안 되고 힘들었을 때마다 힘이 되어줬던 친구를 생각했는데 네가 생각이 나더라! 내가 시험을 망쳤을 때도 고민이 생겼을 때도 무조건 위로해 주기 보다는 냉철하게 말해 줄 때 가끔 상처받을 때도 있었지만, 상처받는 건 잠깐이고 네가 한 말에 많은 의미를 생각하면서 더 성장하는 것 같아. 그리고 생각해 보면 그 냉철한 말들이 나에게 더 위로가 되는 것 같고, 더 잘해야지 하는 동기부여가 되는 것 같고, 또 나 자신을 성찰할 수 있게 됐던 것 같아. 우리 얼마 전에 서로 고민을 얘기했을 때 신기하게도 비슷한 점이 참 많았는데. 우리 서로 의지할 수 있겠다는 생각이 들었어. 우리 앞으로도 서로 힘이 되어 주는 친구로 남자!

다른 아이들보다 늦게 시작해서, 1인 1프로젝트 완성도에서 많이 떨어진 것 같지만, 그래도 내가 다른 사람을 한 번 더 생각하게 되고, 내가 이 사람에게 어떤 존재였는지 생각하면서 나 자신에 대해 한 번 더 되돌아보게 되는 프로젝트였다.

처음에 편지를 쓸 때 오글거리고, 어떻게 써야 할지 몰라서 쓰기 전에 한참을 고민했는데, 쓰다 보니 진심이 나와서 다 쓰고 나서는 편지 쓰길 잘했다는 생각이 들었다. 실제로 편지를 친구에게 주었을 때, 그 친구가 편지를 읽고 고맙다고, 감동적이었다고 말할 때 쑥스럽기도 했다. 다른 사람에게 내 진심을 표현한다는 것은 생각보다 쉽지 않은 일이지만, 그래도 표현을 하는 건 좋은 일인 것 같아서 1인 1프로젝트는 끝났지만 나는 조금 더 성장하기 위해서 편지를 계속 쓸 생각이다.

더는 힘들지 않게

—

수지

독서토론 중 1인 1프로젝트를 하게 되었는데, 정작 나는 내가 무엇을 해야 할지 몰라서 곰곰이 생각하다가 규칙적인 생활을 하고 싶어서 내가 제안하게 되었다. 되돌아보면, 고등학교를 올라와서 생활방식이 너무나도 달라지고 생활습관도 달라졌다. 과도하게 밤을 새우거나 지나치게 잠을 많이 자는 날이 계속 반복됐고 주변 사람들도 너무 무리하는 것이 아니냐며 걱정했다. 나는 내 몸이 보내는 신호를 캐치하지 못했고 별로 피로하지 않다고 착각했다. 그러다가 과로로 쓰러지기도 했다. 병원에 가면 의사들이 말했다. 좀 더 규칙적인 생활을 해라. 스트레스를 받지 마라. 그건 나도 말 안 해 줘도 알고 있었다. 살면서 이런 적은 처음이었다. 고등학생인 나는 정말 피곤함에 찌들어 살았고 짜증에 묻혀 살았다. 감정조절도 쉽게 안 되고 순식간에 기분이 좋아지거나 바닥을 쳤다.

과연 이걸 쓰면서 나는 달라질까? 이번 프로젝트가 나에게 아무런 효과가 없더라도 이 프로젝트를 계기로 현재의 삶의 행복지수가 상승하는 것만으로도 좋다고 생각한다. 그랬으면 좋겠다. 이 프로젝트가 끝난 나는 행복했으면 좋겠다.

9월 2일

오늘은 모의고사를 쳤다. 내 예상대로 점수는 마치 중력이 잡아당기는 것처럼 바닥을 뚫고 들어가려고 용을 쓰고 있었다. 내가 가장 중요하게 생각한 수학이 이때까지 살면서 받아본 적이 없는 점수를 선사해 줘서 정말 극도의 스트레스를 받았다. 그래서 친구랑 마치고 닭강정을 사 먹으면서 별 잡다한 이야기를 하고, 그 아이가 가야 하는 병원도 따라가 주고 집에 왔다. 나는 기분에 따라 수면의 시간과 질이 결정되는데, 오늘은 정말 마음 편치 않게 일찍 잠이 들었다.

9월 8일

오늘 야자 시간엔 정말 감정조절 못하고 눈물이 날 뻔했다. 영재학급 수업이었는데, 조별 산출물을 준비한다고 토의 중 상대 팀 담당 선생님께서 또 우리 조의 외모가 못생겼다며 2시간 내내 큰소리로 웃으며 이야기하셨고, 우리 조 구성원이 별로라는 이야기하는 걸 들었을 땐 정말 눈물이 날 뻔했다. 마치고 지민이랑 세윤이한테 하소연을 했다. 지민이가 나한테 공감하며 이야기를 잘 들어줘서 마음이 약간 풀렸고, 세윤이는 그냥 무시하라고 우리 엄마처럼 이야기했다. 앞으로 그 선생님 시간마다 어떻게 해야 할지 걱정이 태산이다. 어제 3시간 정도밖에 못 자서 몸이 걱정되고 기분도 안 좋아서 집에 가자마자 씻고 자 버렸다.

9월 11일

야자 시간엔 1인 1프로젝트 중간점검 발표시간을 하는데, 다 같이 하기로 한 건데 제대로 해오지 않은 사람들에게 진짜 화가 났다. 잠을 많이 못 자서 날카로웠던 것도 있었다. 내가 화났던 이유는 나는 잠도 안 자면서 끝까지 남한테 피해 주고 싶지 않아서 열심히 써왔는데 정작 해오지 않은 사람들은 별다른 이유가 없었다. 발표할 때 지민이가 옆에 있어 줘서 편했다. 근데 중간점검을 하고 느낀 건 일단 나의 하루에 좀 더 관심을 끌게 되었지만, 여전히 규칙적이진 않았다.

9월 15일

영어 교과서 필기 노트를 잃어버렸다. 비싼 노트인데. 열심히 1과부터 4과까지 다 손으로 적고 선생님이 수업시간에 강조한 것들만 잘 정리했던 것들인데 내 학교 책상에 올려뒀는데 없어졌다. 정말 극도로 불안했고 짜증이 치솟았다. 억울했다. 제대로 활용하지 못해서 짜증이 났지만 계속 마인드 컨트롤을 하며 긍정적이게 생각했다. 그럴수록 다시 탄탄하게 기반을 쌓도록 노력해야겠다. 어제는 기분 좋게 늦게 잤지만, 오늘은 정말 피곤했다. 정신적으로도, 육체적으로도. 그래서 영어 과외를 겨우 마치고 샤워를 한 뒤 머리를 말리다가 그대로 잠들어 버렸다. 드라이기도 켜버린 채로, 엄마가 날 발견하셔서 아빠가 겨우 방에 옮겨놨다고 했다.

9월 18일

오늘은 진짜 허리가 아파 끊어질 것 같아서 야자를 빼고, 한의원에 갔다. 침을 맞고, 부항을 뜨고, 물리치료를 했더니 허리가 엄청나게 가벼워진 기분을 느낄 수 있었다. 집에 오는 길에 쓸데없이 시내를 2시간 동안 돌아다녔다. 집에 돌아와서 피로가 풀려서 그런지 교과서를 읽는데 계속 졸았다. 그냥 오늘은 일찍 잤다. 주말이 걱정됐지만 잠이 너무 왔다.

평소 불규칙한 생활로 인해 몸과 마음이 힘들었던 내가 규칙적인 생활을 하겠다고 하니깐 사람들이 나에게 진료일지를 쓰라고 말했다. 그런데 내가 내 몸을 진단 내리는 건 뭔가 이상했다. 그래서 편하게 일기 형식으로 썼다.

하루일과를 뒤돌아보면서 웃을 때도 있었고 짜증 날 때도 있었는데, 이유모를 짜증이 나는 밤이 대부분이었다. 그래서 좀 더 긍정적이게 생각하려고 노력했다. 그러다가 결국 내가 규칙적인 생활을 못하는 이유를 찾게 되었다. 주말 아침이면 내가 학교 가는 날이 아니란 걸 알고 잠을 깨지 않으려고 했고, 주로 수학학원에 늦잠을 자서 늦는 경우가 대다수였다. 나는 야행성이라서 새벽에 집중이 잘 될 때가 많은데, 이런 습관은 몸을 망치는 데 최적화된 것임을 깨달았다. 앞으로 아침형 인간이 되어보도록 노력해야겠다. 꼭 자야 하는 시간은 자고 아침에 나만의 시간을 가져 보는 게 좋을 것 같다. 지금까지 내 몸을 너무 혹사한 것 같아 미안한 마음으로 가득하다.

고마워요 사랑해요 — 지민

나는 1인 1프로젝트로 하루에 한 통씩 편지쓰기를 했다. 내가 이때까지 살아오면서 미안했던 사람, 고마웠던 사람들에게 내 진심을 전하고 싶었기 때문이다. 그리고 편지를 받은 사람들에게 다시 한 번 내가 잘못했던 점은 미안하다고 사과하고 고마운 점은 고맙다고 전하고 싶다.

편지를 쓰면서 정말로 많이 느꼈던 점은 나는 별로 진심으로 와 닿는 친구가 없다고 생각했지만, 편지를 쓰다 보니 나에게 소중한 인연들이 너무나도 많다는 것이었다. 이런저런 추억도 꺼내보고 보고 싶은 사람과 친구들이 많아졌다는 걸 알게 되었다. 편지를 받은 사람도 기분이 좋았겠지만 쓰는 입장인 나도 편지를 쓰며 행복한 나를 보게 되었다. 내가 세상에서 제일 사랑하는 나의 부모님께 쓴 편지이다.를 소개한다.

TO. 부모님께

엄마 아빠 안녕하세요! 이렇게 편지 쓰는 것도 정말 오랜만인 것 같아요. 어릴 때는 자주 써드렸던 거로 기억하는데 요즘은 바쁘다는 핑계로 제대로 못 써드린 것 같아요. 많이 섭섭하셨죠? 또 요즘 고등학교 올라와서 제대로 된 대화도 별로 나눠본 적 없는 것 같고 학교 마시고 학원 갔다 오고 항상 저 데려다주시고 데려오시고 하신다고 바쁘실 때마다 죄송하고 감사드려요. 공부할 때마다 쉬엄쉬엄하라고 말씀해 주시고 몸도 챙기면서 하라고 말씀해 주시는데 어쩔 수 없는 경쟁에서 이기려는 제 마음 때문에 더하게 되는 것 같아요. 아픈 적도 많았지만 제 꿈도 이뤄야 하고 나중에 학창시절을 돌아봤을 때 정말로 열심히 했다.라는 생각을 하고 싶어서 이렇게 하게 되는 것 같아요. 아무래도 오빠 대신 저라도 성공해야 하는 부담감도 어릴 때부터 많이 작용하게 된 것 같아요. 한 번씩은 내가 이렇게까지 해야 하나 싶을 때가 있는데 이제 얼마 남지 않았고 내가 이런 생각 하고 있을 시간에는 "나 예쁘고 바르게 부족한 것 없이 키워주시려는 부모님은 열심히 일하고 계신다."라는 생각을 해요. 이 생각이라도 하면 힘들었던 거 다시 마음잡고 공부하게 되는 것 같아요.

엄마 아빠는 저보고 정말 독하다고 한 번씩 얘기해 주시는데 저는 제가 할 일을 한 것뿐이고 독하다고 생각하진 않아요. 제가 그만큼 했고 엄마 아빠한테 기쁨이라도 드리고 싶어서 장학금도 타왔고 나중에 정말 성공해서 어디 가서 딸 잘 키웠다고 떳떳하게 자랑하도록 만들어 드리고 싶어요. 앞으로도 더 열심히 할 테니깐 너무 걱정하지 마시고 뒤에서 묵묵히 지켜봐 주세요! 엄마 아빠 힘들게 안 하는 지민이 될게요. 사랑해요.

이 편지 외에도 다른 편지를 몇 통 써내려갔는데, 부모님께 편지를 써드릴 땐 감정이 북받쳐서 눈물이 났다. 부모님께 철없이 군 행동도 생각이 났고 어릴 때는 재롱도 참 많이 부렸었는데 요즘에는 학교를 늦게 마치고 오는 날이 많아지고 같은 집에서도 잘 뵙지 못한다. 그런 점이 섭섭해서 눈물이 난 것 같다. 앞으로는 부모님께 잘하는 딸이 되어야 한다는 생각도 했다.

또한 편지를 쓰면서 17년 동안 헛되게 살아오진 않았다는 생각을 했다. 아직 어리지만, 나중에 어른이 되어서 최지민이라는 사람은 어떤 사람인가요? 라는 질문을 받았을 때 주변 사람으로부터 사랑받고 열심히 생활하는 사람이라는 소리를 들을 수 있도록 노력할 것이다.

나를 되돌아보는 시간

__찬민__

하루하루를 달리기 경기처럼 너무 바쁘게 살아왔다는 생각이 문득 들었다. 뒤돌아봤을 때, 처음 나의 바람과는 다른 방향으로 나아가고 있었고, 지금 내가 잘 하는 건지, 나는 왜 하루하루를 버티고 있는 건지, 나를 잃어버린 듯한 느낌을 받았다. 하루를 끝내고 집으로 돌아왔을 때, 뿌듯함과 감사함보다는 의미 없는 하루가 이렇게 또 지나가는구나, 하는 멍한 기분만이 나에게 찾아왔다.

기쁘지도 않은 하루 일과를 이렇게 계속 보내는 것이 나에게 무슨 의미가 있을까 싶어서 일기를 쓰고 싶다는 생각을 했다. 주변 사람들도 나에게 의미 있는 하루를 보냈으면 좋겠다며 일기를 추천해 주기도 했다. 그렇게 나는 하루하루를 기록하는 일을 시작했다. 하루라도 미루면 나태해질 것 같아 동아리 카페에 매일 나의 일과를 올렸고 많은 친구와 선배들이 관심을 가지기 시작했다.

8월 31일

오늘은 기분도 몸 상태도 몸도 마음도 최악이었다. 어제 부모님과 화해를 하고 4일 만에 집에 들어왔고 머리를 잘랐는데 너무 이상하고 형이랑 싸운 상처는 보기가 싫고 그래서 그런지 아침부터 기분이 좋지 않았고 몸 상태도 좋지 않았다. 아침에 너무 피곤해서 늦게 일어나서 학교에 가서 지각했다. 지각비 1,000원과 절 200개 정도를 했다. 그리고 공부를 하고 있는데 머리가 아팠다. 왜 이리 아픈 걸까.

9월 3일

6교시 청소시간에 친구랑 다툼이 있었다. 많이 친한 친구여서 친구가 먼저 화해하려고 했는데 삐딱하게 받아들였다. 미안한 마음이 자꾸 든다. 내일은 화해해야겠다. 그리고 저녁을 먹고 애들이랑 있다가 도서관에 독서토론을 하러 갔다. 가자마자 어린 왕자 질문을 카페에 올리고 마음에 드는 표지를 찾아오라고 말씀하셔서 찾으러 다니고, 책 만드는 팀 나누기 등 독서 활동을 마치고 집에 도착해서 씻고 일기를 썼다. 초등학교 4학년 이후로 처음 써보는 거라 아직 어색하네요.

9월 7일

저녁을 먹고 도서관에 와서 독서토론을 하다가 '내가 마음에 드는 시 고르기' 활동을 했다. 원래 시는 별로 안 좋아하는데 "이것 또한 지나가리라" 라는 시가 마음에 와 닿았다. 왜냐하면 기쁜 일이든 슬픈 일이든 모두 지나간다는 내용이어서 위로가 됐기 때문이다. 나도 기쁜 일이 있으면 자만하지 않고 슬픈 일이 있으면 절망하지 않는 태도를 보이고 싶다. 시를 의미 두고 읽은 적은 처음인 것 같다. 너무 함축적인 예술이라서 나와 안 어울릴 거라고 생각했는데 그건 또 아닌가 보다. 좋은 시를 발견해서 기분이 좋다. 앞으로도 시는 나와 안 맞아, 하며 무작정 거리를 두기보다는 관심 없는 분야라도 한 번 도전해 보는 자세를 잃지 말아야겠다.

9월 25일

오늘은 기다리고 기다렸던 시험 마지막 날이다. 국어랑 한국사는 어려워서 점수가 잘 나오지는 않았지만, 마지막 날이라서 그저 기분이 좋았다. 그리고 강당에 모여 선생님께서 훈계를 하시는데 훈계하는 시간이 너무 길어 좀 힘들었다. 학교가 마치고 나서는 친구들이랑 놀러 갔다. 애들이랑 노래방에 가서 노래를 부르는데, 처음에는 3명에서 놀았는데 노래방 1시간 안에 애들이 11명이 되었다. 그리고 노래방을 갔다가 당구장에 가서 사구를 치고 친구랑 영화를 봤다. 그리고 이제 배가 고파 집에 가려 했는데 아는 2학년 형들을 만나서 다시 노래방에 가서 노래를 부르고 다시 집에 가려고 했는데 또 아는 2학년 형들은 만나서 다시 노래방에 가서 노래를 부르고 진짜로 집에 갔다. 집에 가니 자장면이랑 탕수육이 있어서 맛있게 먹었다.

그저 흘려보냈던 나의 하루를 이제 한 번 더 나의 기억 속에 저장할 수 있게 되었다. 사실 느낀 점 위주의 일기는 나에게 너무 어려워서 하루 일과를 나열하는 식으로 하루하루 써 나갔다. 그 결과, 나는 변화했다.

나의 하루를 어떻게 채워갈지를 일기로 인해 고민할 수도 있었고 오늘 하루 동안 나에게 있었던 좋은 일 나쁜 일을 더 오래 기억할 수 있었다. 할 때는 귀찮은 일이라 생각했지만 나도 모르게 일기를 쓰면서, 생각 없이 보냈던 하루를 이제는 되돌아보게 된 것 같다. 그러면서 오늘 내가 잘못한 일이나 잘한 일도 생각해볼 수 있었고 내일은 그렇게 하지 말아야지, 하며 더 나은 나를 추구하는 방법도 처음으로 알게 되었다. 하루 일과를 곱씹어 본다는 것이 나에게는 커다란 영향을 미치는 것 같다.

1인 1프로젝트를 통해 효과를 많이 본 아이도, 적게 본 아이도 있었지만, 변화에 도전한 모두가 효과를 본 것만은 확실했다.

　하지만 단점은 단점임과 동시에 거기에는 장점으로 극복할 가능성이 존재한다. 예를 들어 말을 너무 쉽게 하는 사람과 남들 앞에서 말하는 것을 두려워하는 사람이 있다고 치자. 그 둘은 서로 반대되는 성향을 가지고 있지만, 각각 그 성향을 단점이라 생각한다. 즉 전자에게는 후자가 부럽고 후자에게는 전자가 부러운 것처럼 단점은 언제든지 장점으로 승화시킬 수가 있다. 단점이라고 생각했던 것을 새로운 시각으로 맞이하면 어느 순간, 단점이 장점으로 변하기도 한다.

　"우리는 아직 젊으며 아직 완전한 '나'가 만들어지지 않았기에 완벽한 '나'를 만들 수 있는 것이다. 우리는 우리의 가능성을 직접 눈으로 확인했고 이번 기회를 통해 서로가 서로의 변화에 영향을 주는 사이가 되었다. 우리는 이번에 일어난 이 변화가 우리의 마지막 변화가 아니라는 것 또한 알고 있다. 지금부터 시작되는 수많은 변화를 가까운 미래에 접할 거라는 것도 우리 모두 알기에, 내일이 기대되고 작은 것에 설레는 '청춘'인 것이다.

　우리는 어떤 형태로든 변화할 수 있고, 상처로 인해 생긴 어둠을 걷어내고 다시 웃을 수 있다."

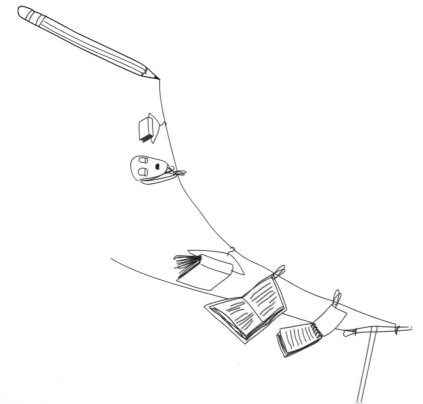

내 인생 18년

—

찬민

내가 태어났다. 기독교 집안에서 태어났다. 나는 하나님의 계획안에 있는 사람이다. 그리고 나는 이 세상에 태어나서 이렇게 많은 일을 겪을지 어릴 땐 몰랐다. 세상에 태어나서 우리 형이라는 놈을 만났다. 어릴 때는 나에게 둘도 없는 형은 나에게 잘 대해 줬다. 하지만 그것도 얼마 가지 않았다. 엄마 아빠의 사랑을 빼앗았다는 이유일 것이다. 그러나 그런 질투도 얼마 가지 않았다. 왜냐고? 우리 동생이 태어났기 때문이다. 나는 형의 기분을 공감할 수 있었다. 엄마 아빠의 사랑이 빼앗긴 걸 느낀 순간 형과 나는 하나가 되었다. 그러나 또 하나의 반전이 있었다. 우리 형은 여동생 바보가 되었다. 그때부터 나는 갈 곳을 잃었다.

나는 장남도 아니고 귀여움을 받는 막내도 아닌 그저 그런 존재가 된 기분이었다. 그래서 나는 어려서부터 사고를 많이 쳤다.

만날 사고를 쳤다. 어릴 적 기억은 생생하지는 않지만 그런 감정들이 아직 내 마음속에 남아 있다. 내가 4살 때였나? 바다로 가족 여행을 갔다. 아빠와 남자 어른들은 낚시에 빠졌고 여자들은 수다에 빠지고 형과 여동생은 알콩달콩 잘 놀았다. 나는 너무 심심해서 불가사리를 던지며 놀았다. 그 행동이 얼마나 큰 위험을 가져올지 모른 채. 아빠와 남자어른들은 낚시가 한참 무르익어가고 여자들은 이야기의 꽃이 피고 형과 동생은 알콩달콩 산책을 하고 나는 계속 불가사리를 던지고 있었다. 불가사리를 던지면 던질수록 뭔가 불안한 감정이 들었다. 날씨도 점점 흐려졌다. 결국에는 일이 터져버렸다. 불가사리를 멀리 던지려던 내가 바다 한가운데에 빠져버린 것이다. 당황한 어른들은 어쩔 줄 몰라 했다. 먼저 아빠가 핸드폰을 바지에 넣은 채 나를 구하기 위해 바로 뛰어들었다. 산 지 얼마 되도 안 한 핸드폰이었다. 삼촌은 낚싯대를 던지고 뛰어들었다. 할아버지는 처음에는 당황하셨지만 정신을 차리고 나를 구하시기 위해 뛰어드셨다. 그렇게 1분의 정적이 흘렀다. 즐겁게 웃던 엄마의 얼굴에 닭똥 같은 눈물이 뚝뚝 떨어지고 이미 바다는 흙탕물, 형과 동생은 패닉 상태에 이르렀다.
나는 그때의 기억이 아직도 생생하다. 그렇게 1분이 더 흘렀다. 어른들은 더 늦으면 위험하다는 것을 직감적으로 느끼고 다들 찾기에 애를 쓰셨다. 그때 바닷속에 있던 나는 본능적으로 나를 지나치는 할아버지의 발을 잡았다. 나는 그것을 아직도 기억한다. 그 차가운 바닷 속에 따뜻한 할아버지의 온기를 느끼며 다시 육지로 올라왔을 때 나는 구원이라는 것을 경험했다.
정말 숨 쉴 수 있는 것이 세상에서 가장 큰 축복이라고 느낀 순간이었다. 그리고 그 사건 이후에 나는 엄마와 아빠의 강요로 인해 수영을 마스터할 때까지 수영 강의를 들었다.

　그리고 나는 8살이 되었다. 8살이 되어서 나는 문방구 옆 오락실 게임에 눈을 떴다. 한판에 100원 하던 펭귄브라ㅇ스……. 수도 없는 게임을 마스터하기까지 많은 일이 있었다. 먼저 게임을 하려면 돈이 필요했다. 그래서 우리 형의 지갑에 손을 댔다. 돈을 모두 다 게임으로 날려버리고 집에 들어와서 잠을 잤다. 그걸 또 형이 알아챘다. 엄마한테 뚜까 맞았다.

　그리고 이제 9살이 되자 우리 집에 컴퓨터가 들어왔다. 그리고 나는 컴퓨터 게임에 눈을 떴다. 오락실은 돈을 내야 하지만 컴퓨터게임은 컴퓨터 코드만 꽂으면 되기 때문에 열심히 게임을 했다. 낮에 했던 게임으로는 부족했는지 내 몸이 자꾸 새벽만 되면 깨워서 게임을 켰다. 그러다가 형이 엄마한테 꼰질러서 또 뚜까 맞았다. 그리고 형이 나에게 고물상이라는 재미를 알려줬다. 쓰레기를 가져가면 돈을 준다고? 처음에는 거짓말 같았는데 진짜로 돈을 주는 것이었다. 그래서 나는 열심히 집에 쇠를 모아 갖다 팔고 종이를 모아 갖다 팔곤 했다. 생각보다 쏠쏠한 수입이었다. 거기서 멈췄어야 했다. 돈을 향한 나의 욕심은 끝이 없었다. 우리 집 옆에는 논이 있었다. 논이 있는 곳에는 당연히 농기구가 있다. 농기구는 쇠다. 고로 돈이다. 그래서 어린 나는 아무 생각 없이 형이랑 그것들을 갖다 팔았다. 그리고 그 농기구 주인이었던 농부 아저씨께 들켜 엄마를 호출하고 그날 우리 형제는 피 터지게 뚜까 맞았다.

　내가 10살 땐가 다니던 피아노 학원에 애가 너무 내 말을 안 들어서 화가 났다. 나는 그게 너무 싫었다. 좋은 말로 타이르다가 하루는 너무 화가 나서 의자를 던졌다. 무슨 생각이었는지는 모르겠지만 일단 던졌다. 그 아이는 치아를 맞았다. 이 무슨 영화에서, 보던 상황인가? 이가 부러졌다. 그 즉시 엄마 호출 그리고 또 먼지 날리게 맞고 아이한테 사과하고 치료비를 내주었다. 우리 집이 잘사는 게 아니었기에 엄마에게 너무 미안해서 내가 어릴 때부터 돈을 모아온 통장을 엄마에게 주었다. 엄마는 고맙다고 했다.

그리고 내가 12살 때인가 나는 작가의 꿈을 키웠었다. 고향의 봄 글짓기 대회에 나갔다. 아직도 생생하게 기억난다. 주제는 장갑이었다. 나는 소설을 썼다. 대충 내용은 기억이 난다.

'아빠의 장갑 아빠의 장갑은 냄새가 난다. 그래서 나는 아빠에게 매일 짜증을 냈다. 아빠는 그 장갑을 매일 끼셨다. 나는 그 이유를 알지 못했었다. 어느 날 나는 아빠의 일하시는 모습을 보았다. 떨리는 손으로 벽돌을 옮기시며 가족사진을 보시며 웃던 아빠의 모습을. 그리고 집에 돌아와서 내가 장갑 냄새를 싫어한다고 장갑을 씻고 계시는 모습을 보았다. 그 순간 나는 깨달았다. 아빠의 장갑에 담긴 의미를. 우리 가족에 대한 사랑 때문에 아빠는 장갑을 버릴 수 없으셨던 것이었다. 그 뒤로 나는 아빠의 장갑을 좋아하게 되었다. 나는 장갑 냄새가 싫지 않다. 왜냐하면 아빠의 사랑의 냄새를 느낄 수 있기 때문이다.'

이런 내용의 글을 썼던 게 기억에 남는다. 이 글이 고향의 봄에서 수상하게 되어 전교생이 보는 단상 위에 서게 되었다. 나는 그게 너무 싫었다. 그래서 아침 조례시간에 땡땡이를 쳤다. 그래서 선생님한테 혼났다. 그때는 참 철이 없었다.

나의 초등학교 졸업식 때, 남들은 다들 축하하고 하는데 나는 그 자리에 있지 않고 친구한테 대신 졸업장을 받아 달라 하고 가족끼리 여행을 떠났다. 졸업을 축하하기 위해 날 보러 온 사람들은 그냥 허무하게 돌아갔다. 그게 내 첫 번째 졸업식이다.

그리고 내가 14살 중학생이 되었을 때다. 내가 중학생이 되고 학원 차를 타는데 어떤 형이 우리 형 뒷담하고 있기에 우리 형한테 그 형이

형 욕했다고 말했다. 그 말을 듣자마자 바로 달려가서 그 형이랑 싸우는 모습을 보고 나는 그 뒤로부터 형한테 안 까불었다. 형은 크면 클수록 나를 괴롭혔다. 그래서 복수를 꿈꾸며 살았다.

내가 15살 때 합기도를 하기 시작했다. 엄청나게 열심히 했다. 나에게 맞는 운동이라 재미도 있었다. 그리고 언젠가는 형에게 복수하겠다는 다짐으로 열심히 한 것도 없지 않아 있다.

그리고 15살 때 한참 방황을 했다. 순수했던 모습이 사라지기 시작한 때가 그때인 것 같다. 친구들과 몰려다니며 이것저것 하던 나의 모습, 그때는 멋있어 보였지만 지금은 부끄럽다.

그리고 16살 때 나는 패배의 쓴맛을 봤다. 내가 3년 동안 열심히 공부했는데 원하는 고등학교에 떨어진 것이다. 선생님하고 전부 내가 붙을 줄 알았는데 떨어지다니 그렇게 공부와 멀어지기 시작했다.

그리고 17살이 되었다. 고등학교 들어오자마자 동아리를 들라는 것이다. 그거도 입학 한지 2주 됐을 땐가? 그래서 나는 친구와 함께 도서부에 들려고 했는데 친구는 떨어지고 나는 붙었다. 그리고 책 쓰는 동아리에 들어가고 자기 주도적 동아리에 들어가고 나름 학교를 재밌게 다녔다. 부산에도 놀러 가고 대구도 가고 형들이랑 밥도 먹고 친구들이랑 노래방도 가고 당구장도 가고 영화도 보고 운동도 하고 자전거도 타면서 내가 생각했던 고등학생 생활보다는 재미있게 지냈다.

그리고 지금 18살이 되었다. 나는 기독교 집안이고 교회를 다니는데, 교회 학생회 회장이 되었다. 학생회 찬양 팀 리더도 되었고 성가대도 하고 교회에서 역할이 커지기 시작했다.

이것이 18살의 내가 되기까지의 나의 이야기다.

할아버지 이야기

깊은 잠에 빠져 있던 한가로운 일요일 아침 나는 누군가의 전화벨 소리에 잠이 깼다. 비몽사몽 상태로 일어나 전화가 오는 핸드폰을 찾았고, 전화가 왔던 핸드폰은 내 핸드폰이었다. 핸드폰을 켜 보니 부재중이 많이 와 있었다. 부재중의 주인공은 부모님도, 친구들도 아닌 고모와 삼촌이었다. 고모와 삼촌이 나한테 전화를 왜 하셨지 의아해 해며 고모에게 전화를 했다. 신호음이 얼마 가지 않아 고모는 피곤한 목소리로 전화를 받으셨다.

"지금 일어났어?"

"네. 고모 근데 무슨 일 있어요? 고모도 그렇고 삼촌도 저한테 전화하셨더라고요."

그때 고모는 잠시 뜸을 들이시더니 목이 멘 목소리로 믿기 힘든 아니 믿기 싫은 말씀을 하셨다.

"세림아……, 할아버지께서 많이 편찮으셔서 오늘을 넘기시지 힘들 것 같구나."

그 말을 들은 나는 순간 머릿속이 멍해졌다. 고모의 말씀이 무슨 말인지 이해하면서도 이해하지 않으려 했다. 고모는 내가 상황 파악을 할 틈도 없이 계속 말씀하셨다.

"…… 어제는 할아버지께서 진지도 잘 드시고 말씀도 많이 하시고 의식도 있으셔서 너한테 전화 안 했었는데, 오늘 새벽에 갑자기 호흡 곤란이 오셔서 지금까지 의식이 없으신 채로 누워계셔."

"……"

"민구 자지?"

"……네."

"민구 깨워서 엄마랑 최대한 빨리 병원으로 와. 할아버지께서 너희를 많이 기다리신다."

그 말을 끝으로 전화를 받을 때부터 고여 있던 눈물이 결국은 떨어졌다. 고모에게 울먹이며 알겠다고 말하고 전화를 끊었지만, 나는 한참 동안 그 자리에 서 있었다.

그러다가도 얼른 할아버지를 보러 가야 될 것 같은 생각에 정신을 차리고 동생을 깨워 지금 상황을 설명하고 엄마한테 전화해서 병원으로 갈 준비를 했다.

병원으로 가니 병원에는 고모들, 삼촌, 아빠, 그리고 할머니가 계셨다.

아빠를 보는 순간 다 알고 있었으면서 왜 나랑 동생한테 말해 주지 않았는지 물어보고 싶었지만, 지금은 할아버지를 만나는 게 먼저인 것 같아서 병실로 들어갔다.

평소 같으면 손주들 왔다고 마중 나오셔서 할아버지의 따뜻한 온기로 우리들의 손을 잡아주셨는데 평소와 달리 침대에 누워계시는 할아버지 모습에 가슴이 아팠다. 할아버지는 의식이 없으신 채 산소 호흡기를 달고 간신히 숨을 쉬는 모습이 힘겨워 보였다. 그 모습을 본 나는 가슴이 먹먹했다.

평소에 할아버지가 나의 손을 잡아주신 것처럼 나도 할아버지의 손을 잡아 드리고 싶어서 할아버지의 손을 잡았는데, 할아버지의 따뜻한 온기는 찾아볼 수 없고 점점 차가워지는 것만 같았다. 발도 차가울까 하는 걱정에 만져 보았는데 발도 역시 차갑고 왜인지는 모르지만 발은 손과 달리 띵띵 부어 있었다. 나는 처음 보는 할아버지의 모습에 놀라기도 놀랐지만 조금 무서웠다. 늘 한결같이 우리를 반겨주셨는데 오늘은 아무 말씀도 안 하시고 우리가 온 줄도 모르고 누워 계신 모습이 할아버지가 곧 우리의 곁을 떠나가실 것 같다는 생각이 들었기 때문이다. 그런 생각을 하지 않으려 노력했지만, 할아버지만 보면 아니 할아버지가 편찮으셔서 병원에 와 있다는 사실만으로도 할아버지가 나를 떠나갈 것만 같았다. 나는 적어도 내가 고등학교를 졸업할 때까지는 할아버지가 내 곁에 계실 줄 알았는데 생각보다 그 시간이 나에게 빨리 다가온 것 같아 처음으로 하늘이 무심하다는 생각을 했다.

그렇게 나는 병실에 들어온 후로 한 번도 할아버지 곁을 떠나지 않았다. 할아버지 곁을 지키면서 여러 기억이 머릿속에 떠오르면서 고모가 해준 말이 떠올랐다.

어제 할아버지가 나랑 동생을 많이 보고 싶어 했다는 말이다. 나는 할아버지가 의식이 있으셨을 때 찾아뵙지 않고 전화도 많이 하지 않았다는 사실에 죄송한 마음만 계속 들었다.

저녁때 쯤 고모가 나랑 동생은 내일 학교 갈 준비를 해야 한다며 우리 가족은 그만 할머니를 모시고 집에 가라고 하셨다. 하지만 나는 집에 가지 않고 계속 할아버지 곁에 있고 싶어 고모에게 어떻게 말을 할까 생각하고 있었다.

그때 오전과 오후 내내 의식이 없으시던 할아버지가 눈을 뜨시고는 두리번거리셨다. 가족 중 할아버지가 눈을 뜬 것을 제일 먼저 본 나는 큰 소리로 말했다.

"어?!! 할아버지 눈 뜨셨어요!!"

그러자 가족들 모두 할아버지 곁으로 모여서 우리를 알아보겠냐고 물었다.

하지만 할아버지는 대답할 기운이 없으신지 우리를 쳐다만 보시고 말씀을 하지 않으셨다. 고모는 할아버지가 말하는 것을 힘들어하시는 걸 아시고는 우리를 알아볼 수 있으면 눈을 깜빡거려보시라고 말했다.

그러자 할아버지께서는 바로 눈을 깜빡거리셨다. 나와 우리 가족들 모두는 한시름 놓았다는 듯이 안도의 한숨을 내쉬었다.

할아버지가 우리에게 하고 싶으신 말이 있으신지 우리가 서 있는 곳을 보며 손짓과 말씀을 하시는데 말을 얼버무리셔서 가족들 모두가 잘 알아듣지 못했다.

나는 할아버지의 마지막 말씀일지도 모른다는 생각에 조금 더 할아버지께 다가가서 할아버지의 말씀에 귀 기울여 들었다. 할아버지는 '평장'이라고 말씀을 하셨다. 나는 평장이 무슨 뜻인지 몰라 가족들에 물으니 가족들은 할아버지 무덤을 말하는 것이라고 했다. 나중에 할아버지가 돌아가시면 무덤을 평장으로 해달라는 뜻이었던 것이다. 나는 이 것을 알고 난 뒤 눈물이 흘렀지만, 울고 있다는 것을 들키기 싫어 빨리 눈물을 감추었다. 그래도 할아버지께서도 오늘 밤이 고비이신 걸 알고 계셨다는 생각에 자꾸만 눈물이 흐르고 목이 멨다. 할아버지께서는 우리에게 말씀하셨다.

"…… 부모님 말씀…… 잘…… 듣고…… 공부도 열심히 하거라. 할아버지… 오늘이 마지막인 것 같구나.

할아버지의 말씀을 듣고 또 눈물이 흐르려 했지만, 나는 애써 괜찮은 척하며 떨리는 목소리로 할아버지께 말했다.

"할아버지 무슨 소리에요. 빨리 나으셔서 예전처럼 웃으면서 저희를 반겨주셔야죠. 빨리 쾌차하세요."

그러자 할아버지께서는 손사래를 치시며 딱 한 마디 했다.

"힘들다."

나는 그제야 할아버지가 오늘이 마지막이 될 수도 있다는 사실을 인정했다.

얼마 후 아빠가 할머니와 우리를 집에 데려다주기 위해 전화로 1층으로 내려오라고 하셨고, 나는 발길이 떨어지지 않았지만, 할아버지가 적어도 일주일은 더 우리 곁에 계실 것이라 믿고 아니 믿고 싶어서 할머니를 모시고 병실을 나왔다. 내가 제일 늦게 나왔는데 할아버지가 우리의 뒷모습을 끝까지 보려고 누워서 고개를 내미시는 모습이 눈에 아른거렸다.

그렇게 우리는 집으로 와서 나는 내일 학교에 갈 수 있겠지 하는 마음으로 일찍 잠이 들었다. 아침 6시 나는 학교를 가기 위해 일어났는데 갑자기 할머니 핸드폰이 울렸다. 나는 그때 씻으러 가던 것을 멈추고 할머니 전화에 집중하면서 '설마 아니겠지?'라고 생각했다. 하지만 내가 생각한 그 설마가 맞아버렸다. 할아버지가 돌아가셨다. 나는 그 순간 자리에 주저앉은 채 아무 생각이 안 들었다.

그때 할머니가 빨리 병원에 가자고 하셔서 정신을 차리고 할아버지 병원으로 갈 준비를 했다. 준비를 하는 가운데 할머니를 슬쩍 쳐다보았는데 할머니께서도 슬프신지 눈물이 흐른 흔적이 있었지만 내가 할머니 근처에 있어서 참으시는 것으로 보여 잠시 할머니가 없는 곳으로 가서 준비했다.

병실에 도착하니 어제는 어수선하고 산소통이 있었던 반면 오늘은 병실에 산소 호흡기를 뗀 할아버지만 덩그러니 있었다. 나는 병실 입구에서부터 눈물이 고인 채로 할아버지께 다가가 조용히 아무 말 없이 눈물만 흘렸다. 전날 할아버지와 나는 대화가 마지막이 아니기를 바랐는데 마지막이 되어버렸다. 그 대화가 할아버지가 나와 동생에게 남긴 마지막 유언이 되어버렸다.

3일 후 학교에 갔다. 교실에 들어가니 친구들이 얼마나 아팠으면 3일 동안 결석을 하냐고 나한테 물었다. 나는 조금 당황했지만, 선생님께서 일부러 사실을 안 말했다는 것을 알고 그냥 "어? 그러게."라고 말했다.

지금 생각해 보면 나는 이때까지 할아버지, 할머니께 사랑한다는 말을 한 번도 들려준 기억이 없다. 내 성격이 그런 말을 잘하는 성격이 아니라서 가족들에게도 퉁명스럽게 말하는 게 대다수이다. 그렇게 말하는 것이 내 진심이 아닌데 말이다.

할아버지, 할머니께는 퉁명스럽게 말하기보다는 애교 아닌 애교로 말한다. 할아버지께도 사랑한다고 한 번도 말씀 못 드린 것이 너무 죄책감이 든다. 그렇지만 아직도 "사랑합니다."라고 말하는 게 나에겐 너무 어렵고 낯간지럽다. 지금 부모님에게도 한 번도 말한 적이 없다.

만약 할아버지가 예전으로 다시 돌아오신다면 그동안 잘 해드리지 못했던 것을 다 해드리고 싶었다. "사랑합니다."라고도 꼭 들려주고 싶지만, 이제는 너무 늦어 버렸다. 이미 할아버지는 우리 곁을 떠나가셨고 다시 올 수도 없다.

나의 단짝친구

민경

초등학교를 갓 졸업하고, 설레는 마음으로 또는 친구를 잘 사귈 수 있을지에 대한 걱정으로 중학교를 올라왔을 때의 일이었다. 새로운 학교에 새로운 반을 배정받아, 새로운 선생님과 새로운 친구들과 만나는 첫날. 낯을 가려 잘 다가가지 못하는 나에게 고맙게도 다가와 준 친구가 있었다.

"어! 우리 어디서 봤지 않아?"

그 친구가 나를 보며 처음 뱉었던 말이다. 그 말을 듣고 나도 유심히 그 친구를 봤는데, 알고 보니 피아노 학원을 조금 같이 다녔던 기억이 있었다. 왠지 친구를 수월하게 사귈 수 있을 것 같은 좋은 예감에 얼른 그 아이와 친해지려고 노력을 했다.

"어. ○○○음악학원 다녔었지?"

"헐! 거기서 봤구나! 어. 이름이 뭐야?"

서로의 이름을 물어보고 자신의 친구도 소개하며 어색하지만 조금은 설레는 친구들과의 첫 만남이 있은 후 선생님이 들어오시고, 번호순대로 자리를 배정하다보니 아쉽게도 인사했던 아이들과는 멀어졌다.

짝지와는 또 어떻게 친해질지 막막함에 머리를 숙이고 책상만 보고 있었을 때, 내 뒤에 앉아 있던 친구가 말을 걸어줬다.

"안녕! 너는 어느 학교에서 왔어?"

초등학교에서 중학교로 올라와 새로운 친구를 만나던, 중학교에서 고등학교로 올라와 새로운 친구를 만나던 가장 묻기 쉬운 질문이 '어느 학교에서 왔어?'였다.

친구가 익숙한 질문을 하며 먼저 말을 걸어줬고, 나는 나에게 다가와 준 게 고마워서 얼른 대답을 해줬다. 이야기를 이어가서 친해질 수 있었으면 좋겠다는 생각을 하면서.

"나는 교동초등학교!"

"어? 여기 옆에 있는 초등학교?"

"응! 너는 어디 다녔는데?"

"나는 회원초등학교!"

"아 그렇구나!"

"······."

순간 아차 싶었다. 이게 아닌데, 이야기를 이어가야 하는데 순간 나도 모르게 대화를 끊어버렸다. 친구도 나도 할 말이 없어져 순간의 침묵이 흘렀을까, 친구와 친구의 짝지가 다행히도 이야기를 또 걸어줬고 그렇게 친구를 수월하게 사귈 수 있었다는 것에 기뻤다.

그런데 쉬는 시간이 되자, 문제가 생겨버렸다. 처음 학교를 오자마자 만난 친구와 뒷자리에서 말을 걸어줘 친해진 친구가 서로 친하지 않았다는 것이다. 둘 다 나에게 다가와 줬는데, 나는 어떻게 해야 할지 몰랐다. 그래서 그냥 무작정 서로를 소개해 주고 친구들이 전부 어울려 주기를 바랐다. 친구들은 걱정할 필요도 없었다는 듯 서로 친해졌고, 또 그 아이들 말고도 몇몇 친구가 우리와 함께 어울리기 시작했다.

그렇게 중학교생활을 편하게 할 수 있다는 생각에 마음을 놓고 있었을까, 또 문제가 생겼다.

누군가가 주도를 했는지는 알 수 없지만, 어느 순간 우리의 무리에서 한 명씩 빼내려 한다는 생각이 들었다. 무리에서 나가게 된 첫 번째 아이는 무리에서 나갔지만 다른 친구와 친해졌기에 누군가가 무리에서 배제한 것이 아니라 스스로 나간 것으로 생각할 수 있었다.

누군가가 인위적으로 무리에서 아이들을 빼내려고 한다는 것에 확신을 한 것은 처음 나에게 다가와 준 친구가 당했을 때였다.

"우리 이번 주 토요일에 놀러 가자!"

"어?…… 나는 안 될 것 같은데."

"나도. 약속 있어서."

무리에서 배제하는 법은 간단했다. 그 아이를 조금씩 멀리하는 것이다. 내 눈에도 그 아이를 멀리하려는 게 보일 정도로 티를 냈고, 그 아이조차 알고 있는 것 같은 느낌이었다. 그 아이와 나는 집이 가까워서 거의 매일 하교를 같이했는데, 어느 날 그 아이가 나에게 이런 말을 했다.

"ㅇㅇ이가 나 안 좋게 말했지?"

나는 그 아이의 입에서 나온 이름을 듣고 당황할 수밖에 없었다. 둘은 첫 만남 때부터 같이 있어서 당연히 단짝이라고 생각했는데, 그 아이가 왜 자신을 나쁘게 말한다는 것인지 이해를 하지 못했다.

"…… 아니? 못 들었는데."

"너한테는 사실 말 안 했나 보다."

"뭘?"

내 물음에 그 아이는 뭔가를 고민하더니 이내 나에게 그 아이와 자신의 이야기를 해주었다.

"사실, 나 걔랑 초등학교 때 사이 안 좋았어. 배구부 같이 하면서 많이 싸웠거든. 근데 진짜 운도 없이 하필 같은 중학교에 간 애 중에서 그나마 아는 애라곤 걔밖에 없었어. 그래서 서로 붙어있었던 거였고, 그래서 나는 그 애가 나랑 같이 다니기 싫어서 날 안 좋게 말하는 줄 알았고. 아마 내 생각이 맞을걸?"

"아. 그래?"

솔직히 그 이야기를 들었을 때 당황스러웠다. '그런 일이 있었구나.' 라고 생각하기보다 왜 이 이야기를 나한테 하는 거지? 라는 생각이 먼저 들었다. 그만큼 중학생 때의 난 철이 없었다.

그리고 내 예상과 맞게 아이들이 조금씩 그 아이를 멀리하며 무리에서 빼려고 했고, 그 아이는 힘들어했다. 그리고 난 중간에서 이러지도 저러지도 못하는 상황에 놓이게 되었다.

이제 와 생각해 보면, 그 아이의 편을 들어주던지, 그 아이와 둘이서 노는 방법이 옳았겠지만, 그때 당시에는, 초등학생 때의 일을 또다시 겪기 싫어서 당당하게 그 아이의 편을 들지 못했다.

초등학교 6학년 초에 친구 사이에 문제가 생겨 '은따' 라는 소리를 들으며 혼자 다녔고, 나중에는 그게 너무 싫어 그나마 친한 친구가 있는 무리에 들어가 무리에서 안 친한 아이들의 눈치 보며 보내왔기에, 중학교에 들어와서는 친구들 사이의 안전한 소속감을 원했기 때문일지도 모른다. 계속 이러지도 저리지도 못한 사이를 유지하고 있었을까 그 아이가 나를 자신의 집으로 초대했다. 원래 종종 잘 놀러 가기에 그때도 아무 생각 없이 놀러 갔는데, 내가 그 아이의 물건에 관심이 있자 선뜻 자신의 물건을 나에게 주었다.

"이거 나한테 줘도 돼?"

"응. 가져."

나는 그때 그 물건이 너무 신기했고, 또 가지고 싶었을지도 모른다. 그래서 나는, 내가 여태껏 그 아이의 편을 들어주지 않았던 것도 그 아이에게 도움이 되어주지 않았던 것도 잊어버리고 덜컥 물건을 받아버렸다.

"고마워!"

"응. 잘 써."

그 아이는 자신의 편을 들어주지 않는 내가 밉지도 않은지 나를 챙겨주고 나에게 베풀어 주었다. 내가 선물을 받으며 좋아해 하고 있었을까, 친구가 조심스레 나에게 말했다.

"나랑 계속 있어 줘서 고마워."

"……."

그 아이의 말을 듣는 순간 나는 정말 나쁜 사람이 되어버린 것 같았다. 어쩌면 내가 그 아이 곁에 어정쩡하게 있었던 이유는, 그 친구가 좋아서가 아니라 그 친구의 물건에 관심이 있어서는 아니었나? 라는 생각도 들면서 그 아이에게 진짜 너무나도 미안해졌다.

"너는 진짜 착한 것 같아."

뒤이어 들려오는 그 친구의 한 마디가 내 뒤통수를 망치로 때리는 것 같았다. 나는 왜 그 아이의 편이 되어주지 못했을까. 힘든 거 알면서 나에게 그렇게 힘들다고 말했는데, 왜 굳이 무리에 남으려고 했을까. 친구에게 미안한 마음뿐이었다. 그래서 그 일이 있은 후, 나와 친구는 그무리서 나왔고, 그 친구와 서로에게 의지하며 단짝친구로 남았다.

어중간한 내 인생

소정

　일단 나를 소개하자면 나는 그저 평범한 대한민국 고등학교 2학년이
자, 평범하게 학교에 다니며 생활하고 있는 학생이다. 나처럼 평범한
사람들이 '행복 '을 느낄 때는 언제일까? 바로 자기가 하고 싶은 일을
할 때일 것이다. 만약 매우 배가 고프고, 앞에는 맛있어 보이는 빵이 있
다면, 누구나 그 빵을 먹을 때 행복과 그에 걸맞은 포만감을 느낄 수 있
듯이. 지금 당장 하고 싶은 것을 하면 행복을 느낄 수 있다. 내가 중학
교 때까지 정말 하고 싶었던 것은 많았다. 노래라든지, 그림이라든지,
운동이라든지. 꿈과 목표는 수시로 추가되고 또 삭제되었다. 처음에는
다들 흥미나 꿈이 없었을 것이다. 생각해 보면, 나의 유치원 시절, 내

꿈은 동물과 이야기하는 사육사였으니까. 그 정도로 터무니 없는 꿈은 동물을 좋아하는 마음에서 비롯되었고, 나는 지금까지도 동물과 함께 있으면 기쁘다. 그리고 나는 그 감정을 행복이라고 말할 수 있다. 내 꿈과 목표의 기준은 '내가 행복하고 기쁜 마음이 드는 것' 이었다.

초등학교 시절, 나는 운동을 좋아했다. 그래서 나는 육상에 참가해서 상을 탄 적도 있었다. 800m 달리기는 내가 2등을 한 적도 있었다. 초등학교 때는 친구들과 달리고 달리면서 느끼는 행복감에, 내 꿈은 그저 막연한 운동선수였다. 그러나 운동선수는 점차 잊혀졌고, 꿈 목록에서 삭제되었다. 중학교 1학년 시절에는 당시 오디션 프로그램이 유행했었고, 그 당시 내가 정말 좋아하는 것은 노래였기 때문에 오디션 프로그램에 참가했다. 하지만 3차 예선 때 부모님의 반대로 좌절했다. 여기서 변화가 일어나기 시작했다. 나의 꿈에, 누군가의 개입이 생긴다는 것. 나의 행복이 누군가의 영향을 받는다는 것이었다. 갓 초등학생을 벗어난 어린 청소년의 나는 그 뜻을 잘 이해하지 못했고, 딱히 행복을 가로막힌 슬픔 따위를 느끼지 못했다. 두 번째로 내가 관심을 가진 것은 그림이었는데, 중학교 3학년 때까지는 정말 그림 쪽으로 진로를 결정하고 싶어서 당시 중학교 미술 선생님이셨던 담임선생님께 찾아가서 상담까지 받았다. 중 3이 되니 점점 조바심이 생겼고, 꿈을 가지고 그것을 실천하는 친구들의 모습이 부러워졌다. 그러나 나는 또다시 좌절하고 말았다. 부모님께서 반대하셨기 때문이었다. 나는 사실 왜 내가 미술을 그만두어야 하는지 이해가 잘 안 되어서, 부모님께 반항도 했다. 왜 나는 미술을 못하냐고. 돌아오는 말씀은, 미술로는 성공하기 힘들다는 이야기였다. 결국, 그것도 얼마 가지 못하고, 나는 금방 수긍했다. 앞서 말한 내가 정말 하고 싶었던 노래나 그림에는 어떤 공통점이 있었을까? 그건 바로 '어중간함' 이었다.

만약에 내가 확실한 재능이 있었다면 정말 놓지 않을 자신이 있었겠지. 하고 가끔 생각하고는 한다. 내가 노래나 미술, 운동 등 한곳에 집중하지 못하고 주변 말에 놓아버리는 이유를, 외면하고 있었지만 사실 나는 누구보다도 더 잘 알고 있었던 것이다.

사람들은 나에게 가끔 너는 뭐든지 잘해서 부럽다든가. 그림 정말 잘 그린다든가 노래를 잘 부른다고들 한다. 하지만 그건 어디까지나 일반인의 시선이고, 전문적인 음악가나 미술가가 내 실력을 본다면 구멍이 한둘이 아닐 것이다. 그만큼 볼품없다는 것이다. 하고 싶은 게 분명하게 있지만, 그것이 잘하지도, 못하지도 않은 어중간한 것이라면. 그 슬픔은 나처럼 그 어중간한 재능을 지니고 있는 사람이 아니라면 모를 것이다. 어중간한 재능은 정말 그 꿈을 포기하지도 못하고, 계속해서 이어나갈 용기도 주지 못한다. 내가 그림을 조금 그린다고 해서, 이제 와서 미술을 한다고 박차고 나갈 용기도 없다. 내 자신도 내 실력이 어느 정도인지 잘 알고 있기 때문이다. 또 내가 노래를 조금 부른다고 해서 오디션에 참가할 용기 또한 없다.

이런 나의 어중간한 재능을 마침내 버린 것은 중학교 3학년 겨울방학의 이야기였다. 나는 그 당시 그림을 그리는 게 너무 좋아서, 미술 쪽으로 가기를 희망했다. 그래서 열심히 그렸고, 나는 내 나름대로 만족을 했었다. 하지만 어느 날 친구의 권유로 친구 언니가 아르바이트로 일하고 있었던 미술학원에 잠깐 간 적이 있었는데, 수많은 내 또래 아이들이 그림을 그리고 있었다. 그리고 그 안의 모든 학생이 나보다 월등한 실력을 가지고 있었고 나는 열등감에 그만 꿈을 놓아버리고 말았다. 이처럼 어중간한 재능은 나를 열등감에 허덕이게 하고, 불확실한 미래에 대한 걱정을 깊어지게 했다. 그래서 나는 아쉽지만 내 어중간한 재능을 놓아버리고 말았다.

나의 행복의 씨앗이 되었을지도 모르는 두 어중간한 재능을 버린 결과, 나는 평범한 고등학생이 되어있었다. 나에게 소중한 것들을 버렸지만, 나는 딱히 공부를 잘한다고도 할 수 없었다. 고등학교 1학년에 들어올 때까지만 해도, 확실하지 않은 꿈에, 공부가 늘었는지, 안 늘었는지도 모르는 상황에 나는 매우 지쳐 있었을지도 모른다. 지친 나를 모른척하면서 학교생활을 하기에는 좀 힘들었는지, 스트레스성 위염을 달고 살았다. 군인/경찰이라는 미술과는 전혀 다른 쪽의 꿈이 생기고, 다른 곳에서 행복을 찾으려고 노력했다. 내가 좋아하지 않는 것에서 행복감을 느끼기란 여간 쉬운 것이 아니었고, 그것은 4년이 지난 지금의 나, 앞으로의 나의 영원한 숙제일 것이다. 생각해 보면, 어른이 된다는 것은 좋아하지 않는 일 속에서 행복감을 느낄 수 있는 사람이 되는 것일지도 모른다.

　　친구들과 보이지 않는 경쟁을 하고, 더욱더 성공하기 위해서 행복을 포기하는 일은 사회에서 너무 흔히 일어나는 것 같아서 너무 참담하다. 분명 나만 이런 게 아니라 공감하는 다른 사람들이 분명히 있을 것이다. 나는 나만의 행복한 나중을 위해서 내가 좋아하는 것들을 버렸는데, 나는 내가 포기한 것만큼 인생을 열심히 살아가고 있을까? 하고 의문을 가져본다. 어느 한 곳이라도 진심을 쏟아 본 적이 있었을까, 하고. 내가 대답을 잘할 수 없다는 것은 진심을 쏟은 적이 없다는 것. 앞으로 내 꿈을 위해서 포기해야 할 많은 것들에 대해 후회가 없도록 진심을 다해야 한다는 것은 결코 내가 피할 수 없는 운명이다. 진실 된 나의 이야기라고는 해도, 나조차도 진실 된 나를 제대로 모른다. 내 선택은 항상 바뀌고, 내가 선택한 것이므로 누구를 탓할 수도 없다. 행복을 위해서 행복을 버리는 과정은 계속될 것이고. 그때마다 좌절한다면 나 역시 발전할 수 없다. 지금도 내가 미술이나 노래를 하고 싶은 마음이 없다면 거짓이겠지만, 더 이상의 행복을 위해서 경찰이라는 내 꿈을 향해 더욱 진심을 다해야겠다고 생각한다.

두 할아버지

효경

나는 지금 고등학교 3학년이다. 고등학교 1,2학년 때의 생활을 되돌아 보면, 너무나 많은 일들이 있었다. 기대와 설렘으로 시작한 동아리에서 좋은 선생님과 선배들을 만나 다양한 활동들을 하며 많은 것을 배우고 성장할 수 있었지만 그런 활동들이 나를 힘들게 하기도 했다. 처음에는 개개인의 특성을 가진 사람들이 나와 맞지 않아 스트레스를 많이 받았 지만 2년 동안 같이 활동하고 지내면서 나와 맞지 않는 사람들을 인정 해 주면서 나도 성장할 수 있었고 동아리 친구들도 성장할 수 있었다.

또한 매번 다가오는 시험에 대한 압박 때문에 시험 기간만 되면 밥을 제대로 먹지도 못했고 시험에 대한 스트레스로 예민해져 있어 가족에게 괜히 짜증 내고 화냈었다. 그러면 안 된다는 걸 알면서도 짜증 내는 나 자신에게 화가 나 스트레스를 받았었다. 2학년 2학기 1차고사 때에는 시험에 대한 중압감이 최고 절정이었다. 1학기 때 내가 원하던 성적이 나오지 않았기 때문에 더 그랬다. 답답하고 하기 싫은 마음을 억지로 누르며 밤새워 시험공부를 하고 시험 첫 번째 날을 무사히 마쳤다. 둘째 날 시험공부를 하려고 책상에 앉았는데 공부가 잘 되지 않아 학습실에서 나오는 길에 나도 모르게 눈물이 터져 나왔다. 울면서 운동장을 걷고 있는데 저 멀리 교문지킴이 할아버지께서 손짓으로 나를 부르셨다. 울고 있는 나에게 무슨 일이 있느냐고 물으셨고 시험에 대한 두려운 마음을 털어놓자 할아버지께서는 "괜찮다. 잘할 수 있을 거다."라고 격려해 주셨다. 힘들 때 진심으로 격려해 주신 말씀은 나에게 큰 위로가 되었다. 힘들거나 지칠 때마다 항상 지킴이 할아버지께 응원과 격려를 받았던 것 같다. 또 아침에 등교할 때, 항상 웃는 얼굴로 반갑게 인사해주시는 데, 할아버지와의 이 인사 덕분에 매일 아침 기분 좋게 시작한다.

나는 유치원 때부터 할아버지, 할머니와 함께 살게 되었다. 할아버지께선 항상 골목 모퉁이를 돌아설 때까지 늘 그 자리에 서서 내가 시야에서 사라질 때까지 손을 흔들며 지켜보신다. 한때는 나의 등굣길을 지켜보시는 할아버지의 마음도 모르고 "할아버지! 왜 항상 제가 학교 갈 때 대문 앞까지 나오시는 거에요?" 하고 물어볼 정도로 어렸지만, 지금은 할아버지의 마음을 충분히 알 수 있는 나이가 되었다. 비가 오거나 눈이 올 때에도 대문 앞까지 나오셔서 손녀의 등굣길을 지켜보시는 할아버지 덕분에 집을 나오는 길이 즐거운 것 같다.

힘들고 지치는 생활이지만 할아버지의 배웅을 받으며 학교로 향하고 학교에서는 지킴이 할아버지와 인사를 나누며 시작하는 아침만은 매일 행복하다. 방학이 끝나고 개학하면, 이런 나의 생활은 또 시작되겠지만, 이분들의 응원과 격려가 있기에 오늘도 행복한 아침을 맞게 되는 것 같다.

그
림
—
민우

한 소년이 연필을 쥐고 종이에 그림을 그린다. 새하얗고 깨끗한 종이에 회색 막대기의 흔적들이 여기저기 남겨지고 있다. 그림은 거의 다 완성되어 간다. 소년은 그림을 그리는 것을 멈추고 고민하기 시작한다. 소년은 무언가 생각난 듯 살짝 미소를 지으며 다시 그림을 그리기 시작한다. 소년은 그림을 그리는 것이 즐겁다. 소년은 이제 그림을 다 그렸다. 무지개와 구름 그리고 언덕처럼 보이는 곳에서는 소년과 양들이 즐겁게 달리고 있는 듯한 그림이 보인다. 소년은 완성된 그림을 가지고 아버지가 있는 거실로 달려간다. 소년은 활짝 웃으며 거실에 있는 아버지에게 그림에 대해 자세히 설명한다. 아버지는 처음에는 미소를 지으며 소년의 그림에 대한 이야기를 들었지만, 점점 표정이 어두워진다. 소년의 아버지는 소년에게 그림이 마음에 들지 않는다고 한다. 소년의 표정도 아버지의 표정처럼 어두워진다. 소년은 조용히 그림을 가지고 소년이 그림을 그리던 방으로 돌아간다. 소년은 선반을 열어 그림을 선반 안에 집어넣는다.

　몇 년이 지났다. 소년은 조금씩 청년이 되어 간다. 10대에 중간에 온 소년은 오랜만에 선반에서 그림을 꺼내게 된다. 소년은 그림을 보고 다시 한 번 그림을 그리기로 마음을 먹는다.
　소년의 인생에 종이는 한 장뿐이다. 소년이 새로운 그림을 그리려면 그 그림은 이제 소년의 손에서 벗어나야 한다. 소년은 하나의 추억으로 간직하고 그 그림을 지운다. 이제 소년의 손에는 오래되고 낡은 종이 한 장이 쥐어져 있다. 그 종이는 많이 낡았다. 여기저기 조금 패인 흔적도 있고 제대로 지워지지 않은 것 같아 보이는 종이는 앞으로 소년이 평생 짊어지고 갈 소년만의 종이다. 소년은 심호흡을 하고 연필을 오른손에 쥔다. 다시 그림을 그리기 시작한다. 소년은 많이 해본 것 같은 솜씨로 낡은 종이에 자신만의 세계를 그리기 시작한다.
　소년은 그림을 완성했다. 구름 위를 달리고 있는 행복해 보이는 소년. 소년은 만족한 듯한 표정을 짓고는 그림을 가지고 거실에 있는 아버지에게 가져간다. 아버지는 다시 한 번 소년의 그림을 본다. 아버지는 이제 어두운 표정만을 짓지 않는다. 아버지는 소년에게 큰 소리 내며 호통 친다. 지금의 소년은 몇 년 전의 소년이 아니다. 소년은 아버지에게 그림에 대해 다시 설명한다. 소년의 아버지는 소년의 그림을 바닥에 내려놓고는 몸을 돌린다. 소년은 방으로 돌아간다. 소년의 환한 방에는 빛이 들어오지 않는 곳이 없었다. 하지만 소년이 그 방에 들어오자 빛이 닿지 않는 어두운 곳이 생겨났다. 소년의 얼굴에는 빛이 닿지 않았다. 소년은 어두운 얼굴을 베개에 묻는다. 소년은 그림을 손에 쥐고 잠이 든다. 소년은 눈을 떴다. 하지만 소년이 바라보고 있는 것들은 소년이 말로 표현할 수 없는 것들인 게 분명했다. 소년은 꿈을 꾸고 있었다. 소년의 꿈속에는 3명의 소년이 존재했다. 무지개가 낀 언덕 위를 양들과 달리는 소년들.

그리고 혼자 구름 위를 신나게 달리는 소년들을 보고 있는 꿈을 꾸고 있는 소년. 소년은 3명의 소년들을 바라보았다. 어린아이처럼 보이는 소년 한 명, 중학생 정도의 나이처럼 보이는 소년 그리고 왠지 조금 흐릿하게 보이지만 남은 소년들보다 더 커 보이는 소년. 흐릿한 소년을 자세히 보려고 고개를 돌린 순간 꿈에서 깨어났다. 소년은 자신의 오른손에 무언가의 느낌이 전해지는 것을 느꼈다. 낡은 종이에 그려져 있는 구름 위를 신나게 달리고 있는 소년의 그림. 소년은 지우개를 들고 그림을 지우기 시작했다. 소년이 그림을 지우면서 격해진 감정 탓에 힘이 많이 들어갔는지 종이가 구겨졌다. 소년은 낡고 구겨진 종이를 다시 선반에 넣었다. 소년은 이제 다시는 그림을 그리지 않겠다고 마음속으로 다짐했다.

3년 후 소년은 조금 더 청년에 가까워졌다. 1년만 지나면 소년도 이제 한 사람의 성인으로서 대접을 받게 된다. 며칠 전부터 바뀐 소년의 생활은 몇 년 전 소년이 하던 생활보다 힘들어졌다. 소년은 하루를 살아가면서 아무 생각이 없어 보인다. 소년은 기계가 되었다. 앞으로 몇 달간 소년은 인간이 될 수 없다. 하지만 소년의 내면까지는 기계가 되지 않은 듯해 보였다. 소년은 기계같이 움직이는 지루한 일상 속에 오랜만에 그림에 대해 생각을 하게 된다. 소년은 다시 그림을 그리기로 마음먹는다. 소년은 집으로 돌아와 지친 몸을 이끌고 선반을 연다. 선반 안에는 낡고 구겨진 종이가 한 장 있다. 소년은 종이를 꺼내 책상에 두고 연필을 손에 잡는다. 소년은 능숙한 솜씨로 오랜만에 그림을 그리기 시작한다. 1시간 후 소년의 그림은 완성된다. 완성된 그림에는 여러 것들이 보인다. 언덕 위에 있는 집, 그 집 옆에서 차를 마시는 듯한 소년 그리고 태양과 구름들 소박하지만, 소년은 여태까지 자기가 그렸던 그림들 중 가장 마음에 드는 듯했다. 소년은 다시 한 번 그림을 아버지에게 보여 주기 위해 밖으로 나왔다. 소년은 아버지에게 그림을 보이며 설명했다. 아버지는 여태까지 소년이 본 적이 없던 표정을 지으며 화를 내며 호통을 쳤다. 그리고는 소년의 그림을 바닥에 던졌다. 소년은 그림을 줍고 다시 아버지에게로 가져갔다. 아버지는 이제 소년과 소년의 그림을 쳐다보지도 않는다. 아버지는 자신의 방으로 들어간다. 소년도 자신의 그림을 들고 방으로 들어간다. 소년은 슬픈 표정과 깊은 한숨을 내쉬며 낡고 구겨진 종이를 찢는다.

며칠 뒤 신문 한 페이지에 작은 기사가 실린다.

"2015년 4월 21일 A아파트에 10대 안 모군 투신자살"

이 그림이라는 글 속에 소년은 남의 이야기가 아닐지 모른다. 우리는 어릴 때부터 많을 것을 보고 적응하고 새로 배우게 된다. 그러면서 우리는 하나의 꿈을 키운다. 하지만 그 꿈은 나의 꿈이다. 누군가를 위한 꿈이 아니다. 이 글의 소년은 3번의 꿈을 가졌다. 하지만 그 꿈을 좋게 보지 않는 아버지 때문에 소년은 3번의 꿈을 접었다. 3번의 꿈에 대해 아버지에게 자신 있게 말하는 소년은 아버지의 반대 때문에 점점 마음이라는 도화지에 상처들이 남아 있게 된다. 이 글 속에 소년의 마음은 여리다. 여린 소년은 중학교 때 소년의 꿈에서 암시한 흐릿한 소년처럼 고등학교라는 무겁고 큰 틀 안에서 피폐해진 마음으로 비극적인 결말을 선택한다. 우리는 꿈을 가질 권리가 있다. 그 꿈이 나중에 어떻게 될지는 누구도 알지 못한다. 꿈은 사람의 길을 인도한다. 어느 방향인지 알 수 없다. 하지만 어느샌가 꿈이라는 지도를 잃은 사람들을 종종 볼 수 있다. 그들이 그것을 잃은 이유는 여러 가지가 있다. 가족, 돈, 시간 등등. 하지만 나는 그런 것들에 구애받지 않는 아주 작은 소박한 꿈이라도 사람들이 한 가지씩 가지고 있었으면 좋겠다는 생각이 든다. 만약 그것이 내가 살고 있는 짧은 인생에 하나의 지도가 되고 길이 되어줄지 모르니까 말이다.

대한민국 고3에 대하여

소희

나는 2016년에 고등학교 3학년이 된다. 사회 전체가 보호해 주고 존중해 주며 뭘 하든 이해해 주는, 바로 고3이 되는 것이다. 친구들은 하나둘 밖에 놀러 나가는 것을 눈치 보게 되고, 부모님의 잔소리가 괴롭다고 호소하기도 한다. 도서관에서 공부한다고 집에 알려놓고 나랑 온종일 노는 친구도 있다. 거짓말이 불가피한 시기인가보다. 한창 꽃 피울 나이에 성적으로 이미 기죽어 있는 친구들도 적지 않다. 안타까운 일이다. 정말 슬픈 일이다.

공부가 재미있는 사람도 있고 재미없는 사람도 있다. 노래가 재미있는 사람도 있고 종이접기가 재밌는 사람도 있는데, 우리나라에서 꿈을 이루거나 성공을 하려면 공부가 재미있어야 유리하다. 공부가 재미없거나 공부에 뒤처지는 학생들은 꿈이 있어도 성적 때문에 포기해야 할 수도 있는 것이다.

자식이 좋은 대학을 가기 위해 좋은 직장을 갖기 위해 학부모들은 아이가 초등학교에 다닐 때부터 투자한다. 그 투자가 헛되지 않도록, 옆집 자식보다 뒤떨어지지 않도록 끊임없이 부추기고 닦달한다. 부모님의 극성에 아이도 자연스레 성적과 입시의 중요성에 대해 깨닫게 되며 극단적인 경우 학교에서의 수업을 입시를 위한 수단으로밖에 생각하지 않게 된다. 너무 빠른 나이에 경쟁에서 살아남는 법을 배우게 된 아이들은, 보다 이기적이며 계산적이다.

한창 자신이 하고 싶은 것을 하면서 행복한 시간을 보내야 할 어린 나이에 아이들은 원하지도 않는 수많은 과외와 학원으로 얽매여 있다. 이런 아이들이 커서 자신의 어린 시절을 회상한다면 과연 행복할까? 그저 힘들었다는 말밖에 나오지 않을 것만 같다. 물론 학부모들은 자기 자식을 위한 것이라고 말한다, 좋은 대학에 가야만 좋은 직장을 얻을 수 있으니까. 하지만 정말 그게 행복일까?

힘들게 공부해서 좋은 직장에 취직했다고 해도, 높은 월급을 통장으로 입금받았다 해도, 남보다 좋은 집에 살고 좋은 차를 탄다고 해도, 그 사람이 행복하다는 보장이 과연 있냐는 것이다. 사람들의 부러움을 사기에는 충분할 것이다. 하지만 그 사람의 마음이 정말로 행복한지 아닌지는 모르는 일이다.

자기 자신만의 행복의 기준을 잡아놓고 시작해야 하는데, 어른들은 아이들의 행복의 기준을 월급이라고 미리 정해두고 시작한다. 또한, 아이가 무엇을 잘하든 무엇을 좋아하든 존중해 주지 않는다. 그렇게 자란 아이가 사회에 영향을 끼칠 만큼의 지위에 오르게 되면 문제는 더 커진다. 어렸을 때부터 좁은 시야를 갖고 좁은 세상에서 자라온 아이가 사회에 던져지면 과연 잘해낼 수 있을까? 능력이 좋아서 일정한 사회적 지위에 올라갈 수는 있겠지만, 그 사람의 가슴 속에 진실 된 것이 들어 있는지는 알 수 없다. 그래서 우리 사회의 지도층이 창의적이지 못하고 항상 그 자리에 머물러 있는 건 아닐까?

공부를 잘하는 아이들은 초등학교 때부터 공부를 못하는 아이를 자연스레 깔보게 된다고 한다. 어른들이 항상 말하고 요구하는 엘리트 학생이 되었을 때의 그 성취감과 만족감은 그 상태에서 끝나지 않는다. 공부 못하는 아이와 수업 못 하는 교사에 대한 멸시와 비웃음으로 바뀌게 되며 어린 나이에 너무 많은 것을 알아버린다. 또한, 돈이 많아 사교육비가 넉넉한 부모의 자식은 자연스레 공부를 잘하게 되며, 결국 이 사회의 입시제도는 빈익빈 부익부 현상을 촉진하는 제도로밖에 보이지 않는다. 개인마다 타고난 능력이나 재능을 발견하게 해주고 다양한 미래를 보여주어야 하는데, 우리 사회는 너무나 획일화되어 있다. 졸업하면 기억도 못 할 수업을 12년씩이나 들으라 하니, 공부에 관심이 없거나 형편이 어려운 학생들은, 졸업하면 그곳이 바로 낭떠러지인 셈이다. 12년 동안 학교에서 시험을 치라고 해서 쳤는데 교육과정이 끝나니 꿈을 못 찾거나 공부를 못한 학생은 저절로 낙후되는 것이다. 입시의 경쟁에서 처참하게 패배하는 것이다.

우리나라 학교는 이상하다. 문과생의 과학수업과 이과생의 사회수업은 무의미하며, 내신에 반영되지 않는 수업이나 예체능 수업은 그야말로 수면 시간이 따로 없다. 필요에 의해 수업을 들을지 말지를 결정하기 때문에 자는 시간과 안 자는 시간이 정해져 있기도 하다. 물론 결정의 기준은 오로지 입시에 도움이 되느냐 안 되느냐이다. 이러한 학교를

12년 동안 다니는 것은 과연 우리 인생에 어떤 의미일까. 성인이 되기 전 밟아야 하는 단계로서 교육다운 교육을 제공해 주는 기관이었으면 좋겠다. 학생들이 웃으면서 등교하는 곳이 학교였으면 좋겠다.

사실 공부가 쉽거나 재미있는 아이들도 있다. 이해력과 암기력만 높으면 좋은 성적 받는 것이 어렵지 않기 때문이다. 하지만 모든 아이들이 그렇지 못하다는 것이 문제다. 누구는 말하는 것에 재능이 있을 수도 있고 누구는 남의 감정에 공감해 주는 재능이 있을 수도 있는 건데, 이런 모든 재능은 대학 입시에 필요가 없다. 타고나면 좋은 것은 오직 공부할 때 필요한 능력뿐이다.

다양성을 인정하지 않으면 시작이 불공평하게 된다. 유리한 아이와 불리한 아이가 나뉘게 되고 누구는 행복한 12년을, 누구는 불행한 12년을 보내게 된다. 고등학교 졸업을 못 하면 취직할 곳도 거의 없기 때문에 억지로라도 겪을 수밖에 없는 고통의 12년인 것이다.

꿈이 뭐야? —

아경

나는 새 학기가 시작될 때, 한 학년이 끝날 때 써야 하는 장래희망 조사서가 너무 싫다. 시험 일정표를 받아드는 일보다 더 막막하고 고민스러운 순간이 바로 장래희망을 적어내는 것이었다. 어렸을 때부터 사람들은 물어봤다. "커서 뭐가 되고 싶어?" " 꿈이 뭐야?" 다른 아이들은 쉽게도 대답을 하는 일이었지만 나에게는 그런 곤혹스러운 질문은 세상에 없었다. 대통령, 선생님, 화가, 의사, 간호사, 스튜어디스 등등 그러나 나는 쉽게 대답할 수 없는 것이었다. 내가 뭘 잘하는지 꿈이 뭔지 무엇을 좋아하는지 알 수 없고 결정할 수 없었기 때문이다. 가볍게 하고 싶은 건 참으로 많다.

"나는 선생님이 되고 싶다.""난 간호사가 될 것이다." 말하면 "그래 넌 할 수 있어"라는 대답을 듣기 매우 힘들다. "너는 공부를 못해서 안 된다". "너한테 어울리지 않는다." 이런 말들을 한다. 꿈은 뭐냐고 뭐가 되고 싶냐고 물어놓곤 성적이 안 되면 이룰 수 없다고 너무 쉽게 말해 버린다. 왜 멋대로만 평가를 하는지, 그럴 거면 꿈이 뭐냐고 묻지 말지 왜 묻는지 이해가 안 된다. 항상 사람들은 성적으로 겉모습으로 그 사람을 마치 다 안다는 듯이 평가하고 행동한다.

"너 어느 학교 나왔어"라 물어봤을 때 지방대를 나온 사람과 수도권 대학을 나온 사람, 4년제 대학을 나온 사람과 전문대를 나온 사람 중 누구를 더 좋게 볼 것인가? 대부분의 사람이 수도권대학을 나온 사람을, 4년제 대학교를 나온 사람을 선호할 것이다. 나는 그것부터 이해가 안 된다. 학교에서 1등, 2등을 해서 대학을 가야지만 착하고 성실하고 활발하고 공부를 못해서 지방대, 전문대를 가면 다 못되고 성실하지 못한 사람인가? 수학의 공식처럼 절대 불변의 공식이라도 있는 것인가? 마치 꼭 성립되는 공식인 것처럼 왜 항상 성적으로만 사람을 판단하는 것인지 왜 그렇게 된 것인지 알 수 없다.

나는 중학교 때 수업시간에 과자를 먹고 집중하지 않았다는 이유로 수학 선생께 "넌 내가 본 아이 중 최고로 양아치다.""커서 뭐가 되려고 그러냐"라는 소리를 들었다. 당시 심화반이었던 나는 "네가 왜 심화반인지 모르겠다."는 소리도 들었고 수업시간마다 혼나는 건 기본이었으며 그냥 못된 아이였다. 수업시간에 떠든 것도 집중하지 않은 것도 과자를 먹은 것도 잘못한 일인 것은 안다. 그러나 그 행동 하나로 나를 판단할 수는 없는 것 아닌가? 선생님이 그럴수록 더 말을 듣고 싶지 않았다. 그런데 이런 내 생활에 변화가 생길만한 사건이 터졌다. 수학 시험을 잘 쳐서 심화 반에서 1등을 한 것이다. 1등을 하자 선생님의 태도는 달라졌다. 언제 그랬냐는 듯이 잘 대해주고 이렇게 하면 된다면서 웃어주는 것이었다. 그때부터 나는 그렇게 성적만 중시하고 그것으로만 판단하는 학교가 싫어졌다. 단 하나의 행동만 어긋나도 그걸로 나의 모든 것을 판단하는 사람들이 너무 싫었다.

하지만 중학교 때의 그 일은 약과에 불과했다. 고등학교에 진학하는 순간 성적순으로 자습실을 따로 보내고 성적이 다시 떨어지면 방출되고 전교등수에 들어야만 따로 수업을 해주고 관리를 해주었다. 성적이 뭐라고 이렇게 사람을 차별하는지 이해가 되지 않았다. 한번은 그 아이들이 뭐 하는지 궁금해 물어보았다. 나름 친해졌다 생각한 친구였는데 망설이고 가르쳐주기 싫어하는 모습을 보자 왜 이렇게까지 하며 공부하는지 의문이 들었다. 꿈이 없는 내가, 성적도 안 되는 내가 한심하기도 했지만 왜 꼭 이렇게 판단하고 밟고 올라가고 서로 싸워야 하는지 이해할 수 없었다. 그냥 어느 순간 그랬다. 공부를 잘해야 되고 대학을 가야하고 그냥 공부는 무조건 중요하고 그게 내 마음, 성격, 꿈까지 모든 것을 결정했다.

나는 공부를 못하지만 나쁜 아이가 아니다. 공부를 못하지만 호텔리어가, 군인이, 간호사가 되고 싶다. 이런 내 꿈을 누군가에게 말해주고 싶지도, 지금 한 가지만 정하고 싶지도 않다. 내가 간절하고 그 분야에 뛰어나면 그 꿈을 이룰 수 있는 것 아닌가? 내가 공부를 못한다 해서 내가 바라는 분야를 못할 거라는 것은 잘못된 생각인 것 같다. 흥미 없는 공부를 해야만 하나? 그냥 자신이 원하는 분야를 더 잘 알고 흥미 있어 하고 즐긴다면 공부를 하는 사람보다 더 그 꿈에 가까이 다가갈 수 있는 것 아닌가? 왜 사람마다 잘하고 좋아하고 재밌어하는 게 다른데 그것을 무시하고 공부로만 판단하고 공부하라고 강요하는가. 나는 공부는 못하지만, 그 누구보다 사람들과 같이 지내고 이끌어나가고 내 힘으로 뭔가를 해나가는 것이 좋다. 공부를 못한다고 잘하는 게 없는 것이 아니다.

어느 순간 1등만 바라보는 우리 사회에서 내 생각대로 내 마음대로 꿈을 꿀 수는 없다. 고등학교 3학년이 된 나는 이제 군인, 간호사, 호텔리어가 아닌 내 성적에 맞는, 내가 이룰 수 있는 꿈을 찾고 있다. 내가 하고 싶은 일이 아니라 내 성적에 맞는 학교를 찾고 있다. 내가 이런 생각을 가진다고 해서 내가 원하는 곳을 갈 수는 없으니까 어쩔 수 없이 성적에 맞춰 똑같은 길을 걸어가고 있다. 아침 일찍 일어나 정해진 시간 안에 학교를 가고 그 안에서 규칙에 맞춰 행동하고 수업을 듣고 밤이 되어서야 마친다. 학교를 안 가는 날에도 학교를 마치고 나서도 학원이라는 곳을 간다. 할 수만 있다면 이 똑같은 길을 벗어나 내가 원하는 길을 가고 싶다. 나를 성적이라는 틀에 끼워 그 기준에 맞춰 판단하는 것이 싫다. 내가 하고 싶은 일, 내가 잘하는 일, 내가 즐거운 일 그것이 나에게 최고의 꿈이라는 것을 알기에 오늘도 나는 진짜 내 꿈을 찾아 떠나는 일탈을 꿈꾼다.

얼마 전 텔레비전을 보다 한 예능에서 어떤 작가가 하는 이야기를 들었다. 그 작가는 대학 입시에 떨어지고 나서 바로 만화를 그리러 올라와 길에 노숙도 하며 굉장히 어렵게 지냈었는데 잘돼야 한다는 복수심에 사로잡혀 20대를 거의 욕망 덩어리로 보냈다 한다. 원래 그렸던 꿈은 밝고 멋있게 작품을 해내는 만화가였는데 그 과한 욕망 때문에 괴물 같은 만화가가 되어 있었다 한다. 그리고 그 작가가 하는 말이 "중요한 건 그냥 만화가가 아닌 어떤 만화가가 되느냐, 아이들에게 네 꿈은 뭐야 라고 물을 때 직업으로 답을 듣지 않고 어떤 사람이 되고 싶은지에 대해 들었으면 한다."라고 말을 했다. 이 말은 가슴 속에 와 닿았다. 나도 직업인이 아니라 어떤 사람으로 살고 싶다.

난 꿈을 항상 직업으로만 생각했다. 꿈이 뭐냐고 물을 땐 항상 직업으로 대답해야 하는 줄 알았다. 난 이제 꿈이 무엇이냐고 물어보면 "나는 항상 감사할 줄 알고 남에게 도움이 되는 솔직한 사람이 되고 싶다."

라고 말할 것이다. 꼭 직업일 필요는 없는 것 아닌가? 어떤 직업을 가지더라도 항상 감사하고 남에게 도움이 되는 솔직한 사람이 될 것이다. 이게 나의 꿈이다. 너무 성적으로만 겉모습으로만 판단하지도 말고 꿈을 직업으로만 단정짓지는 않아야 한다. 당신은 어떤 사람으로 살고 싶은가?

다시 꿈꾸다

지민

나에게 있어서 고1 방학은 정말 많은 일이 있었던 것 같다. 내 진로문제로 부모님 속을 참 많이 썩혔다. 요즘 공부를 하다가 참 이런 생각을 많이 했다. "아, 내 꿈은 이게 아닌데. 다시 디자인 공부를 한다고 하면 부모님이 혼내시겠지." 그런 와중에 갑작스레 나에게 엄마 같았던, 아니 엄마였던 할머니께서 돌아가셨다.

당시 학교에 있었는데 너무 당황스러워서 처음에 아무 생각이 들지 않았다. 누가 축구공으로 내 머리에 세게 맞춘 느낌이었다. 그러다가 눈물인지 뭔지 모를 액체들이 내 피부 위에 가득 범벅이 되어 있었다. 글을 쓰는 이 시점으로는 아직 돌아가신 지 3주도 안 되었지만 왠지 집에 들어가면 할머니께서 "우리 민이 왔나."하고 반겨주실 것만 같다. 그 사소한 한 가지가 너무 그리워져서 집에 갈 때 너무 겁이 난다.

내가 태어났을 때부터 지금 18살 때까지 할머니는 '나'라는 참 작은 존재를 크게 키워주신다고 너무 고생만 하셨다. 키워주신 것도 다 못 갚을 지경인데 아빠께서 3일장을 치른 뒤 말해 주셨다. "민아, 할머니가 네 공부 열심히 하라고 학자금 남기셨다." 액수까지 듣는 순간 내가 너무 죄인이 되는 기분이었다. 아직 난 할머니랑 같이하지 못한 것도 많은데, 이제 좀 커서 할머니께 해드릴 게 조금씩 생기기 시작했는데 해보지도 못하고…… 내 자신이 너무 초라해졌다.

집에 들어가면 느껴지는 썰렁함이 이젠 야속해질 것만 같다. 부모님께서는 이제 그만 슬퍼하라고 다른 생각도 해보고 취미생활도 하면서 잊으라고 하셨다. 그런데 그런 활동을 하면 생각나는 것이 할머니와 함께한 추억이 너무 생각이 나서 참 많이 울컥한다. 폭풍 같은 시간을 보내고, 내 진로문제 때문에 부모님께 말씀을 드렸다. 공부를 하면서 성취감은 들지만 이제 더 이상 이 길은 내 길이 아니라 부모님이 짜주신 루틴이라는 것밖에 생각이 들지 않는다고, 이쪽은 내 커리어와 맞지 않는다고 말씀드렸다. 어릴 때부터 손으로 꼼지락 거리는 것을 좋아했고 그림 그릴 때는 너무 행복했다는 점을 내 몸도 기억하는 것 같았다.

할머니도 돌아가시고 내 진로문제까지 겹치면서 몸도 피로감을 엄청 느꼈었다. 친구들, 지인들한테 말하지는 않았지만, 밤마다 울었다.
새벽 3,4시쯤……. 잠드는 것도 울다가 지쳐서 잠들었던 것 같다. 그러다 얼마 전에 엄마께 "엄마 제발 나 좀 도와줘."라는 말 밖에 하지 못했다.
결국, 심리상담치료센터를 가게 되었다. 진로검사, 인성검사, 그림검사를 했다. 결과는 참담했다. 나는 심각성을 느끼지 못했는데 자신감이 극도로 결여되어 있는 상태라고 했다. 그 소리를 듣고 이때까지 난 뭘 하고 살았던 것인지, 내가 그렇게 자기 비하가 심했던가. 별의별 생각을 다했던 것 같다. 검사를 하고 치료도 한동안 받기로 했다.

이렇게 솔직한 심정을 글로 쓰는 것도 오랜만인 것 같다. 솔직히 나를 까발리는 것 같아 부끄럽기도 하다. 진로검사는 예상대로 예체능으로 나왔다. 검사를 하고 나오면서 엄마는 "그렇게 힘들었으면 얘기를 하지 왜 안 했니? 엄마가 너를 할머니한테 맡기면서 무책임했던 것 같다."라는 말을 하셨다. 그 말을 엄마 입에서 하게 만든 내 자신이 참 초라해지는 밤이었다.

어릴 때는 나에게 엄마 아빠라는 존재가 돈만 벌어 오시는 분인 줄 알았다. 그래서 솔직히 할머니가 엄마 같았던 느낌이 참 강했었다. 그래도 그런 시절을 보냈기에 엄마 아빠께서 다른 사람들에게 존경을 받고, 날마다 집에 선물이 들어오고, 두 분 다 자수성가하셔서 성공한 분들이라고 생각한다. 다시 내 진로 문제로 들어와서, 부모님께서는 할머니의 유언이기도 하셔서 내가 하고 싶은 공부를 하라고 하셨다. 다시 디자인을 공부할 수 있게 된 것이다. 글을 쓰는 오늘, 학원을 등록하러 갔었다. 중학교 때 잠시 학원에 다녔었는데 그때 디자인에 대해서 너무 잘 가르쳐주신 선생님이 계셨다. 그 선생님께서 갑자기 군대에 가신다고 작별인사도 못 했었다. 그래서 아쉬운 점이 많았었는데, 그 선생님을 만났다. 온몸이 소름 돋으면서 진짜 나에게는 존경스러운 분이셨기에 너무 신선한 충격이었다. 참 드라마 같은 일이었다. 선생님께서 그런 일이 있었냐며 위로도 해주시고 열심히 하자고 말씀해 주셨다. 그 한마디에 진짜 큰 힘이 났다.

어떻게 보면 길 수도, 짧을 수도 있었던 내 방학. 내 행복을 다시 찾을 수 있었던 방학. 앞으로도 열심히 하는 나 자신이 되어야겠다.

인생에는 수많은 길이 있다. 고속도로, 자전거도로, 인도, 지하도 등 우리가 갈 수 있는 길은 많이 존재한다. 우리는 그 길들 중 하나를 고르고 그 길을 따라 걸어간다. 아무도 그 길이 짧은지 긴지 알 수 없다. 끝이 언제 오는지도 모르지만 언젠간 도달하겠지 라는 희망으로 그 길을 걷는다. 아마 그 길의 끝에 선다면 그 길을 걸어온 나를 똑바로 바라볼 수 있지 않을까? 그 길의 끝에 마침내 다다를 때, 진정으로 행복할 것 같다. 또한, 아무런 고민 없이 순수하게 웃을 수 있는 순간이 가장 행복한 것 같다. 친구들, 선생님, 가족들과 아무 일 없이 지내고 편하게 나의 이야기를 하고 서로의 이야기를 주고받으며 웃으면서 지내는 그 순간이 가장 행복하고 순수해질 수 있는 순간인 것 같다. 욕심 없이 서로를 마주할 때 우리는 행복하지 않을까.

처음에. 사서 선생님께서 인문 책 쓰기 동아리를 제안하셨을 때, 우리는 모두 기대에 부풀어서 하자고 자신 있게 대답했다. 하지만 기획부터 글쓰기, 자료 취합, 편집, 디자인까지 해야 할 일들이 너무 많았으며, 우리의 능력 밖이라고 생각됐던 것들을 우리 손으로 직접 해야 했다.

그렇게 막막하기만 했던 우리의 책 쓰기, 완성하지 못할 것만 같던 틀이 점점 잡혀갔다. 챕터별로 나누어 우리가 활동했던 것들을 배치하고 약간의 아이디어를 더해서 책의 완성본을 상상할 수 있게 된 것이다.

우리는 독서 토론, 독후감, 주제 글쓰기, 여행, 1인 1프로젝트, 시집 읽기 등 1년 동안 참 많은 활동을 했다. 예상대로 순조롭게 잘 흘러간 활동도 있었고, 긴 기간 동안 질질 끌며 버거워했던 활동도 있었다. 하지만 누구 한 명도 포기한 사람 없음을 우리는 가장 다행으로 여긴다. 그리고 그 끝나지 않을 것 같던 우리의 대화와 토론이 무사히 막을 내렸음에 감사한다.

인문의 '인' 자로 몰랐던 우리가 인문 책을 쓰다니, 그것도 완전한 지식도 갖추지 못한 학생 신분의 우리가 책 한 권을 쓴다는 것은 쉬운 일이 아니었다. 하지만 지금 우리는, 책을 쓰기 전보다 분명 더 발전했다. 나는 어떤 사람이며 무엇을 잘하고 좋아하는지, 나에게 소중한 것은 무엇인지, 또 나의 하루는 어떻게 굴러가는지 등 잊고 있던, 혹은 생각 못했던 '나'에 대해 더 많이 알게 되었다. 다른 무엇보다 가장 자세히 알아야 할 것, 무엇보다 가장 소중한 것, 하지만 가장 소홀히 대하고 잊고 사는 것, 바로 나 자신에 대해 조그마한 물음을 던질 수 있었음에 감사한다. 이번 활동이 우리의 인생을 뒤바꿔 놓았다고는 말할 수 없다. 하지만 나에 대해 관심을 가짐으로써 앞으로 나를 어떻게 다루고 사랑해 줘야 하는지를 배웠고, 나를 힘들게 하는 무엇이 닥쳤을 때 어떻게 헤쳐 나갈 수 있는지를 알게 되었다.

인문 책이 따로 있는 건 아닌 것 같다. 소설이든 시집이든, 우리의 삶을 담고 있다면 인문 분야라고 말할 수 있는 것 같다. 인류와 문화에 대해 거창하게 서술하지 않아도, 우리의 삶을 보여주는 것만으로 인문 책이 되었으니 말이다.

우리는 책을 읽은 사람들이 조금이나마 변화할 수 있는 책을 만들고 싶었다. 우리나라 학생들의 평범하고도 특별한 삶을 보여줌으로써 어떤 사람은 '그땐 그랬지.' 하며 공감해 주길 바랐고, 어떤 사람은 '한창 즐길 나이에 공부만 하다니 불쌍하다.' 하며 위로해 주길 바랐고, 어떤 사람은 '어린 나이에 세상에 눈뜨려고 노력한다.' 하며 칭찬해 주길 바랐고, 어떤 사람은 '우리 아이들이 이렇게 살아가는 구나' 하며 몰랐던 사실을 알아주길 바랐다. 어떤 방식으로든지 우리의 책을 읽으며 마음 속 변화를 느껴주길 바랐다. 어쨌거나 우리가 함께 모여 이야기 나눈 시간은 모이고 모여서 한 권의 책이 되었고, 우리의 이야기들을 충분하게 전해주었다고 생각한다. 이 책은 마지막 장에서 끝나지만, 우리가 커가면서 만들어나갈 더 많은 이야기는 이 책 속이 아닌 각자의 삶과 모두의 사회 속에서 끝없는 형태로 나타날 것이라 믿는다.

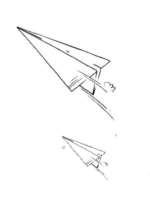